Bianca™

Melanie Milburne
Mi corazón no está en venta

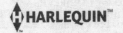

HARLEQUIN™

Editado por HARLEQUIN IBÉRICA, S.A.
Núñez de Balboa, 56
28001 Madrid

© 2013 Melanie Milburne. Todos los derechos reservados.
MI CORAZÓN NO ESTÁ EN VENTA, N.º 2276 - 18.12.13
Título original: Never Say No to a Caffarelli
Publicada originalmente por Mills & Boon®, Ltd., Londres.

I.S.B.N.: 978-84-687-3596-2
Depósito legal: M-27160-2013
Editor responsable: Luis Pugni
Fotomecánica: M.T. Color & Diseño, S.L. Las Rozas (Madrid)
Impresión en Black print CPI (Barcelona)
Fecha impresion para Argentina: 16.6.14
Distribuidor exclusivo para España: LOGISTA
Distribuidor para México: CODIPLYRSA
Distribuidores para Argentina: interior, BERTRAN, S.A.C. Vélez
Sársfield, 1950. Cap. Fed./ Buenos Aires y Gran Buenos Aires,
VACCARO SÁNCHEZ y Cía, S.A.

Capítulo 1

Q UÉ quieres decir con que no va a vender?
—preguntó Raffaele Caffarelli a su secretaria.

—La señorita Silverton ha rechazado tu oferta
—respondió Margaret Irvine.

—Pues hazle otra mejor.

—Lo he hecho, y también la ha rechazado.

Rafe no se esperaba semejante inconveniente a
aquellas alturas. Todo había ido de maravilla hasta entonces. No había tenido problemas para adquirir, por un
precio irrisorio, la casa de campo y el terreno que la rodeaba en el condado de Oxford. Pero la casita que
acompañaba a la grande tenía un título de propiedad
distinto, lo cual era un problema menor, según el agente
inmobiliario, que le había asegurado que sería muy fácil
comprarla, de modo que la finca Dalrymple volvería a
ser una. Lo único que Rafe debía hacer era presentar
una oferta superior al precio de mercado. Y había sido
muy generoso al hacerla. Como el resto de la finca, la
casita estaba a punto de venirse abajo y necesitaba una
reforma urgente, y él tenía el dinero suficiente para devolver a la propiedad su antigua gloria y convertirla en
una obra maestra de estilo inglés.

¿En qué pensaba aquella mujer? ¿Rechazaría alguien en sus cabales una oferta como la suya?

No iba a darse por vencido. Había visto la propiedad en Internet y había encargado a James, su administrador, que se la consiguiera. Pensaba despedirlo si no resolvía el problema enseguida.

Nadie asociaba el fracaso al nombre de Raffaele Caffarelli.

–¿Crees que la tal señorita Silverton se ha enterado de que soy yo quien ha comprado la finca y la casa de campo Dalrymple?

–¿Quién sabe? –respondió Margaret–. Aunque no creo, ya que hasta ahora hemos conseguido mantener alejada a la prensa, y yo le hice la oferta a la señorita Silverton a través del agente inmobiliario, como me dijiste. No la conoces personalmente, ¿verdad?

–No, pero conozco a las de su clase. Si se huele que alguien rico va detrás de su casa, tratará de exprimirlo –soltó un improperio–. Quiero esa propiedad, y la quiero entera.

Margaret le entregó una carpeta.

–He encontrado nuevos recortes de prensa de hace un par de años sobre el antiguo propietario de la casa de campo. Parece que el fallecido lord Dalrymple sentía debilidad por Poppy Silverton y su abuela, Beatrice Silverton, que era el ama de llaves. Trabajó allí muchos años y...

–Es una cazafortunas –masculló Rafe.

–¿Quién? ¿La abuela?

Él se levantó.

–Quiero que averigües todo lo que puedas sobre esa Polly. Quiero que...

–Poppy, se llama Poppy.

–Pues Poppy. Quiero toda la información posible sobre ella, hasta su talla de sujetador. No dejes piedra sin mover. La quiero en mi escritorio el lunes a primera hora.

Margaret enarcó las cejas, pero su expresión era la de la obediente secretaria.

–Me pondré a ello ahora mismo.

Rafe se preguntó si no debería ir personalmente a fisgar un poco por el pueblo. Solo había visto la casa de campo y el terreno circundante en las fotos que James le había mandado por correo electrónico. No le vendría mal hacer una corta excursión de reconocimiento para evaluar al enemigo, por así decirlo.

–Me voy fuera el fin de semana. Si hay algo urgente, me avisas. Si no, hasta el lunes.

–¿Quién es la afortunada esta vez? –le preguntó Margaret–. ¿Sigue siendo la modelo californiana o esa ya es historia?

Rafe agarró las llaves y la chaqueta.

–Aunque te sorprenda, voy a pasar el fin de semana solo. ¿Por qué me miras así?

Su secretaria esbozó una sonrisa de complicidad.

–No sé el tiempo que hace que no pasas un fin de semana solo.

–¿Y qué? Siempre hay una primera vez.

El sábado por la tarde, Poppy estaba despejando la mesa número tres del salón de té que regentaba cuando se abrió la puerta. Se dio la vuelta para saludar al cliente con una sonrisa, que estuvo a punto de borrársele al ver frente a sí el cuello abierto de una camisa y un torso masculino bronceado, a la altura en que hubiera esperado ver la cara del hombre.

Levantó la cabeza y se encontró con unos ojos marrones tan oscuros que parecían negros. Aquel rostro sorprendentemente bello le resultó familiar. ¿Era, tal vez, el de un actor?

—¿Una mesa para...?

—Uno.

¿Para uno? Poppy puso los ojos en blanco. No parecía un tipo que normalmente fuera a tomar algo solo, sino seguido de un harén de mujeres que lo adoraran.

Tal vez fuera modelo, uno de esos que hacían publicidad de lociones para después del afeitado en las revistas.

¿Y si era un crítico gastronómico? Poppy se alarmó. ¿Estaba a punto de ensañarse con ella en un blog muy leído que acabaría por arruinarla? Tal como estaban las cosas, tenía que esforzarse mucho por mantenerse a flote. La clientela había disminuido desde que habían abierto un nuevo restaurante en el pueblo vecino. La crisis económica implicaba que la gente ya no pudiera permitirse el lujo de ir a merendar, sino que ahorrara para ir a cenar... al restaurante de su exnovio.

Poppy examinó disimuladamente al guapo desconocido mientras lo conducía a la mesa número cuatro.

—Desde aquí hay una vista preciosa de la finca y la casa de campo Dalrymple.

Él lanzó una rápida mirada antes de volverse hacia ella. Poppy sintió una descarga eléctrica cuando sus ojos se encontraron. ¡Qué maravillosa boca tenía! Firme, masculina y sensual. ¿Por qué no se sentaba?

—¿Es una atracción turística? —preguntó él—. Parece salida de una novela de Jane Austen.

—Es la única atracción turística del pueblo, aunque no está abierta al público.

—Parece espléndida.

—Es fabulosa. Pasé ahí buena parte de mi infancia.

Rafe arqueó una ceja, vagamente interesado.

—¿En serio?

–Mi abuela era el ama de llaves de lord Dalrymple. Entró a formar parte de su servicio a los quince años y estuvo allí hasta que él murió. Nunca pensó en buscar otro empleo. Esa lealtad ya no se encuentra, ¿no cree?

–Desde luego que no.

–Mi abuela murió seis meses después de que falleciera lord Dalrymple –Poppy suspiró–. Los médicos dijeron que de un aneurisma, pero yo creo que no sabía qué hacer cuando él murió.

–Entonces, ¿quién vive ahora allí?

–Nadie, de momento. Lleva vacía un año. Tiene un nuevo dueño, pero no se sabe quién es ni lo que piensa hacer con la finca. Todo el pueblo teme que se le haya vendido a un constructor ávido de dinero y sin gusto. Y habremos perdido otra parte de la historia local en aras de la arquitectura moderna.

–¿Y no hay leyes que lo impidan?

–Sí, pero hay personas con dinero que creen estar por encima de la ley. Me hierve la sangre solo de pensarlo. Esa casa tiene que volver a ser el hogar de una familia, no el palacio de un playboy para celebrar fiestas.

–Es un edificio demasiado grande para una familia media actual. Debe de tener al menos tres pisos.

–Cuatro –respondió ella–. Cinco, si se cuenta el sótano. Pero necesita a una familia. Lleva reclamándola desde que la esposa de lord Dalrymple murió hace ya muchos años.

–¿No volvió él a casarse?

–Clara fue el amor de su vida. Ni siquiera miró a otras mujeres. Esa clase de compromiso ya no se encuentra, ¿no le parece?

–Desde luego que no.

Poppy le dio el menú ante el breve silencio que se produjo. ¿Por qué hablaba de lealtad y compromiso con un desconocido? Chloe, su ayudante, tenía razón: debía salir más. La traición de Oliver la había vuelto cínica. Oliver la había utilizado de la manera más vil. No la quería, sino que se había servido de sus conocimientos y experiencia para montar un negocio que le hiciera la competencia. ¡Qué ingenua había sido! Todavía le daban escalofríos al pensar que había estado a punto de acostarse con él.

—La tarta del día es de jengibre con nata y mermelada de frambuesa.

Él no miro el menú y se sentó.

—Un café solo, sin azúcar.

Poppy pensó que no le vendría mal sonreír de vez en cuando. ¿Qué les pasaba a algunos hombres? ¿Y quién demonios iba a un salón de té a tomar café?

Había algo en aquel hombre que la ponía a la defensiva. Le parecía que, en el fondo, se estaba burlando de ella. ¿Era por el vestido de época y el delantal con volantes que llevaba? ¿Por su pelo rizado y rojizo recogido en una cofia? ¿Creía que estaba desfasada? Pero de eso justamente se trataba en su establecimiento, Poppy's Teas, de disfrutar de una experiencia del pasado, de tener la oportunidad de olvidarse de las prisas de la vida moderna tomando una taza de té y un dulce artesanal igual que los que hacían nuestras bisabuelas.

—Enseguida.

Poppy volvió a la cocina y dejó la bandeja en la encimera con demasiada fuerza.

Chloe, que estaba haciendo galletas de mantequilla, alzó la vista.

—¿Qué pasa? Estás un poco sofocada. No me digas que ha venido el imbécil de Oliver con su nueva novia para echar sal en la herida. Cuando pienso en las recetas que te robó para hacerlas pasar por creaciones propias le cortaría ya sabes el qué y lo serviría de primer plato en su asqueroso restaurante.

–No –dijo Poppy mientras vaciaba la bandeja–. Ha entrado un tipo al que tengo la sensación de haber visto antes.

Chloe se acercó de puntillas a echarle un vistazo por el cristal de la puerta.

–¡Por Dios! ¡Es uno de los hermanos R! –exclamó volviéndose hacia Polly con los ojos como platos.

–¿Uno de qué?

–Uno de los hermanos Caffarelli –le explicó Chloe bajando la voz–. Son tres: Raffaele, Raoul y Remy. Rafe es el mayor. Son multimillonarios francoitalianos: jets privados, coches veloces y mujeres a las que cambian a mayor velocidad todavía.

–Pues su dinero no le ha servido para tener buenos modales. No me ha dicho «por favor» ni «gracias» –observó Poppy mientras preparaba el café–. Ni me ha sonreído.

–Tal vez, cuando se es asquerosamente rico, no haya que ser amable con la gente vulgar como nosotras.

–Mi abuela afirmaba que dice mucho de una persona el modo en que respeta a la gente que no tiene por qué respetar. Lord Dalrymple era un claro ejemplo, ya que trataba a todo el mundo del mismo modo, fuera un empleado de la limpieza o un rico empresario.

Chloe volvió a sus galletas.

–¿Qué hará en este pueblo de mala muerte? No estamos precisamente en las guías turísticas. La nueva autopista ya se ha encargado de ello.

–¡Es él! –exclamó Poppy.

–¿Quién?

–El nuevo dueño de la finca Dalrymple, el que quiere echarme de mi casa. Estoy segura de que fue él quien mandó a la mujer que vino el otro día con el agente inmobiliario.

Chloe hizo una mueca.

–Ya sé lo que eso significa.

Poppy sonrió.

–Tienes razón –agarró la taza de café y se dirigió a la puerta–. Significa la guerra.

Rafe miró a su alrededor. Era como haber retrocedido en el tiempo. Casi esperaba ver entrar a un soldado de la Primera Guerra Mundial del brazo de una elegante dama. Flotaba un delicioso aroma a tarta o bizcocho horneándose. En las coquetas mesas había flores y servilletas bordadas a mano. Las tazas y los platitos eran de porcelana.

Supuso que la belleza que le había servido era Poppy Silverton. No era como se la esperaba. Había pensado que sería mayor y más dura.

La señorita Silverton parecía recién salida de las páginas de un cuento de hadas. Pelirroja, con ojos castaños, labios carnosos y sonrosados, piel blanca y sin arrugas y pecas en la nariz. Era una mezcla de Cenicienta y Campanilla.

Era guapa, pero no era su tipo.

La puerta de la cocina se abrió y Poppy salió llevando la taza de café. Sonreía sin mostrar los dientes. Sus ojos no lo hacían.

–Su café, señor.

–Gracias.

–¿Está seguro de que no quiere una ración de tarta? Tenemos de varias clases, y también galletas, si no le gustan las tartas.

–No soy goloso.

–También preparamos sándwiches.

–Solo quiero el café –Rafe agarró la taza y le dedicó una sonrisa formal–. Gracias.

Ella se inclinó a recoger un pétalo que se había caído de una de las flores y él aspiró su aroma, además de contemplarle el escote. Tenia el tipo de una bailarina, con curvas donde debía haberlas y una cintura que Rafe estaba seguro que abarcaría con las dos manos. Se dio cuenta de que ella estaba retrasando el momento de volver a la cocina.

¿Había adivinado quién era? No parecía haberlo reconocido. Al entrar, lo había mirado como si tratara de situarlo, pero había visto confusión en sus ojos. Era un consuelo saber que no todos los británicos habían oído hablar de su último desastre sentimental. No era su intención hacer daño a sus amantes, pero corrían tiempos en que una mujer despechada poseía armas de destrucción masiva: las redes sociales.

Poppy se acercó a otra mesa y estiró las servilletas, que ya estaban perfectamente estiradas. Rafe no podía dejar de mirarla. Lo atraía como un imán, como si lo hubiera hechizado.

«Contrólate», se dijo. «Has venido a solucionar este asunto, no a ser seducido por una mujer que debe de ser tan astuta como cualquier otra. No te dejes engañar por sus ojos de cervatillo».

–¿Siempre hay tan poca clientela?

–Esta mañana ha habido mucha gente, más que nunca. No dábamos abasto.

Rafe se dio cuenta de que mentía. Había una tranquilidad absoluta en aquel pueblecito; por eso quería comprar la casa. Era el sitio perfecto para construir un hotel de lujo para los ricos y famosos que desearan conservar la intimidad. Bebió un sorbo de café. Era mucho mejor de lo que esperaba.

—¿Cuánto lleva regentando esto? Supongo que es la dueña.

—Dos años.

—¿Dónde trabajaba antes?

—En Londres, en un restaurante del Soho, pero decidí que quería estar con mi abuela.

Rafe supuso que no era ese el único motivo por el que había cambiado de empleo.

—¿Y sus padres? ¿Viven aquí?

—No tengo padres. Murieron cuando tenía siete años.

—Lo siento —Rafe sabía lo que era crecer sin padres. Lo suyos habían muerto cuando tenía diez años, en un accidente de barco en la Riviera Francesa. Su abuelo Vittorio se había hecho cargo de él, pero tenía la sensación de que la abuela de Poppy no se parecía en nada a su autoritario abuelo.

—¿Lleva sola el negocio?

—Hay una chica que trabaja conmigo. Está en la cocina. Y, usted, ¿está de paso o se va a quedar?

—Estoy de paso.

—¿Y qué le trae por aquí?

¿Eran imaginaciones suyas o ella lo miraba de manera peculiar?

—Estoy investigando.

—¿El qué?

—Para un proyecto en el que estoy trabajando.

—¿Qué clase de proyecto?

Rafe volvió a agarrar la taza y la estudió con indolencia durante unos segundos.

–¿Utiliza el tercer grado con todos los clientes en cuanto cruzan la puerta?

–Sé por qué esta aquí –replicó ella cerrando los puños.

–He entrado a tomarme un café.

Los ojos de ella relampaguearon.

–No es así. Ha venido a sondear el terreno, a evaluar la oposición con la que se va a encontrar. Sé quién es usted.

–He venido a hacerle una oferta que no podrá rechazar –dijo él al tiempo que le dedicaba una de sus encantadoras sonrisas. ¿Cuánto quiere por la casa pequeña?

–No está a la venta.

Rafe comenzó a excitarse. ¿Así que iba a hacerse de rogar? Pues disfrutaría mucho haciendo que capitulase. Le encantaban los desafíos y el fracaso era una palabra que no existía en su diccionario.

Iba a ganar.

–¿Cuánto quiere por cambiar de opinión?

Ella entrecerró los ojos y puso las manos en la mesa, frente a él, con tanta fuerza que la taza hizo ruido al chocar con el plato.

–Vamos a dejar clara una cosa desde el principio, señor Caffarelli: no puede comprarme.

Él le miró tranquilamente la sombra que había entre sus senos antes de que sus miradas se encontraran.

–No me ha entendido, señorita Silverton. No la quiero a usted. Lo que quiero es su casa.

Roja de furia, ella lo fulminó con la mirada.

–No va a tenerla.

Rafe sintió una punzada de deseo que le produjo un escalofrío que le llegó hasta la entrepierna. No recordaba cuándo había sido la última vez en que una mujer le había dicho que no. Aquello iba a ser mucho más divertido de lo previsto.

No se detendría hasta conseguir la casa, y a ella.

–Claro que la tendré –afirmó levantándose. Dejó un billete de cincuenta libras en la mesa y la miró a los ojos–. Eso es por el café. Quédese con el cambio.

Capítulo 2

POPPY empujó la puerta de la cocina con tanta fuerza que chocó con la pared.

–Es increíble la desfachatez de ese tipo. Creía que con entrar aquí y agitar un fajo de billetes ante mis narices le vendería la casa. ¡Qué arrogancia!

–¿Qué ha pasado? –preguntó Chloe–. Creí que ibas a darle un puñetazo.

–Es el hombre más detestable que conozco. Nunca le venderé la casa. ¿Me oyes? Nunca.

–¿Cuánto te ha ofrecido?

–¿Y eso qué tiene que ver? Aunque me hubiera ofrecido billones, no los habría aceptado.

–¿Estás segura de estar haciendo lo correcto? Sé que la casa tiene un gran valor sentimental para ti, porque viviste en ella con tu abuela, pero tus circunstancias han cambiado. Tu abuela no esperaría que rechazaras una fortuna a causa de unos cuantos recuerdos.

–No se trata solo de recuerdos. Es el único hogar que he tenido. Lord Dalrymple nos la dejó a mi abuela y a mí. No puedo venderla como si fuera un mueble que no quiero.

–¿Y las facturas? –preguntó Chloe con cierta preocupación.

Poppy intentó hacer caso omiso del pánico que le roía el estómago. Llevaba tres noche sin dormir tratando de hallar el modo de pagar el alquiler del mes siguiente. Se había gastado prácticamente todos sus ahorros en el funeral de su abuela y, desde entonces, tenía que hacer malabarismos para pagar las facturas que no dejaban de llegar.

—Lo tengo todo controlado.

—Yo no quemaría todos los puentes de forma inmediata. Apenas hemos trabajado esta primavera. Hoy voy a tener que congelar la bollería.

—No lo hagas. Me la llevaré a casa de Connie Burton y sus tres hijos acabarán con ella.

—Eso es parte del problema. Llevas esto como si fuera una institución caritativa en vez de un negocio. Eres demasiado buena.

—No voy a aceptar limosnas de él —dijo Poppy mientras rebuscaba en un cajón. Encontró un sobre y metió en él el cambio del café—. Le devolveré la propina en cuanto acabe aquí.

—¿Te ha dejado propina?

—Me ha insultado.

—¿Dejándote cincuenta libras por un café? Pues ojalá tuviéramos más clientes como él.

—¿Sabes lo que te digo? Que no voy a esperar a acabar de trabajar para devolvérselo. Se lo voy a llevar ahora mismo. ¿Cierras tú, por favor?

—¿Se aloja en la casa de campo?

—Supongo. ¿Dónde, si no? No tenemos un hotel de cinco estrellas en el pueblo.

—Todavía no.

—Si el señor Caffarelli cree que va a construir aquí una de sus mansiones de playboy —afirmó Poppy mientras agarraba las llaves– tendrá que pasar por encima de mi cadáver.

Rafe estaba en el salón inspeccionando el daño que había producido el agua en una de las ventanas cuando vio que Poppy Silverton se acercaba con paso decidido a la casa. La melena de pelo rizado, libre de la cofia, se le balanceaba al andar, y llevaba un sobre en la mano.

«¡Qué predecible!», pensó sonriendo.

Esperó a que llamara dos veces a la puerta antes de abrir.

–Estupendo. Es usted la primera visita que tengo. ¿No debería tomarla en brazos para traspasar el umbral?

Ella lo fulminó con la mirada.

–Aquí tiene el cambio –dijo tendiéndole el sobre.

Rafe ni siquiera lo miró.

–Ustedes, los británicos, tienen un problema con las propinas, ¿no cree?

–No quiero nada de usted. Tenga.

Él se cruzó de brazos y esbozó una sonrisa cautivadora.

–No.

Ella lo miró como si fuera a darle una bofetada. Rafe deseó que lo hiciera, porque eso implicaría que tendría que detenerla, y la idea de rodear su pequeño cuerpo con los brazos le resultó, para su sorpresa, tentadora.

Ella lanzó un bufido, se puso de puntillas y le metió el sobre en el bolsillo delantero de la camisa. Él sintió una descarga eléctrica a través de la fina capa de algodón. Ella debió de sentirla también, ya que trató de retirar la mano como si el cuerpo de él quemase.

Pero no fue lo bastante rápida.

Rafe la agarró por la muñeca. Tenía tan cerca el seductor cuerpo de ella que uno de los huesos de la cadera le tocaba el muslo. El deseo estalló en su interior, y en cuestión de segundos tuvo una erección. Hubo de recurrir a toda su capacidad de autocontrol para no empujar a Poppy contra la pared más cercana y ver qué sucedía.

Ella le dirigió una mirada glacial y trató de soltarse.

–Quíteme las manos de encima.

Rafe la mantuvo sujeta mientras con el pulgar le acariciaba la parte interna de la muñeca.

–Ha sido usted la que me ha tocado primero.

–Porque no ha querido aceptar su maldito dinero –dijo ella dando otro tirón.

Él la soltó y ella se frotó la muñeca con furia, como si quisiera eliminar la sensación de su tacto.

–Era un regalo. En eso consiste una propina: es un gesto de que se aprecia un buen servicio.

Ella dejó de frotarse y lo miró.

–Se burla de mí.

–¿Por qué iba a hacerlo? El café era estupendo.

–No va a salirse con la suya, para que lo sepa. Creerá que soy una chica de pueblo, con poco mundo, pero no tiene ni idea de lo obstinada que puedo ser.

A Rafe se le erizó el vello ante el reto que le presentaba. En cuanto a que era una mujer con poco mundo, él nunca reconocería ante sus dos hermanos menores que comenzaban a aburrirle las mujeres de mucho mundo con las que solía relacionarse. Las aventuras ocasionales le satisfacían en el plano físico, pero lo dejaban con una sensación de vacío.

Una pregunta insidiosa comenzaba a rondarle y a no dejarlo dormir hasta la madrugada: ¿Era eso todo?

Tal vez hubiera llegado el momento de ampliar horizontes. Sería entretenido hacer entrar en vereda a la señorita Silverton. Era un gato salvaje que aún no había encontrado el domador adecuado. ¿Qué sería necesario para que comiera de su mano? El cuerpo se le estremeció de placer.

Se moría de ganas de averiguarlo.

–Me parece que, llegados a este punto, debo advertirle, señorita Silverton, que juego limpio. Me atengo a las reglas, pero a las mías.

–Detesto a los hombres como usted, que creen que están por encima de los demás, con sus coches, sus mansiones de lujo y una modelo distinta cada día colgada del brazo sonriendo como una tonta ante cada palabra que sale de sus bocas. Pero seguro que hay momentos durante la noche, mientras está despierto en la cama, en los que se pregunta si le quieren por lo que es o por su dinero.

–Parece que la tiene tomada con la gente con dinero. ¿Por qué le repele el éxito?

Ella lo miró con desprecio.

–¿El éxito? No me haga reír. Usted ha heredado toda su fortuna. El éxito no es suyo, sino de su familia. Usted se limita a disfrutarlo, igual que los vagos y juerguistas de sus hermanos.

Rafe pensó en el esfuerzo que habían hecho sus hermanos y él para conservar la fortuna familiar. Unos años antes, unos negocios que su abuelo había llevado a cabo y que salieron mal habían puesto todo en peligro. Sus hermanos y él habían reconstruido el imperio de su padre trabajando dieciocho horas diarias, siete días a la semana, durante dos años y medio. Pero lo habían conseguido.

Por suerte, nada de eso se había filtrado a la prensa, pero no pasaba un día sin que Rafe recordara que habían estado a punto de perderlo todo.

—Se empeña en dar su opinión sobre asuntos que desconoce. ¿Conoce a mis hermanos?

—No, y no quiero hacerlo. Supongo que son tan detestables y odiosos como usted.

—En realidad, son mucho más agradables que yo.

—¿En serio?

—Por ejemplo, no dejarían a una joven en la puerta sin invitarla a tomar algo.

—Si está pensando en invitarme a entrar, no se moleste.

—No estaba pensando en eso.

—Estoy segura de que yo supondría un cambio con respecto a las mujeres a las que suele invitar.

—Desde luego que sí —respondió él mirándola de arriba abajo—. Nunca he estado con una pelirroja.

Ella se sonrojó y apretó los labios.

—No soy pelirroja. Mi cabello es de color castaño rojizo.

—Es muy bonito.

—Si cree que los halagos le van a funcionar conmigo, más vale que espere sentado. No voy a venderle mi casa por muchos falsos halagos que se le ocurran.

—¿Por qué tiene tanto apego a esa casa? Podría comprar otra mucho mayor y mejor situada con el dinero que le he ofrecido.

—No espero que usted lo entienda. Lo más probable es que toda su vida haya vivido en casas lujosas. Esa casa ha sido hasta ahora mi único hogar. Sé que hay que hacer algunas reparaciones, pero venderla sería como vender una parte de mí.

–Nadie le pide que haga eso.

–Ah, ¿no?

–Mis planes para esta finca seguirán adelante tanto si coopera conmigo como si no. Entiendo sus sentimientos, pero no tienen cabida en una decisión comercial. Es un suicidio económico rechazar mi oferta.

Ella seguía a la defensiva.

–No sabe nada de mi situación financiera. No me conoce.

–Pero me gustaría hacerlo, en todos los sentidos de la palabra –afirmó él lanzándole una ardiente mirada.

Ella se puso colorada, se dio la vuelta y se marchó. Rafe la vio desaparecer con una sonrisa. De una forma u otra, iba a ganar.

Estaba dispuesto a aceptar apuestas.

Poppy estaba que echaba humo cuando volvió a su casa. Sus tres perritos, Chutney, Pickles y Relish, la miraron con preocupación al entrar por la verja.

–Lo siento, chicos –dijo mientras los rascaba detrás de las orejas–. Estoy muy enfadada. ¡Qué hombre tan arrogante! ¿Quién se cree que es? Como si me fuera a enamorar de alguien como él. Como si se me hubiera ocurrido acostarme con él.

Pensándolo no hacía daño a nadie. Y no iba a llevarlo a la práctica. No era de esa clase de mujeres, lo que en parte explicaba por qué su novio se había ido con otra.

Poppy sabía que era ridículamente anticuado querer esperar un tiempo antes de consumar la relación

con un hombre. No se trataba de que fuera una moji-
gata... Bueno, tal vez un poco, ya que la había edu-
cado su abuela.

Lo que sucedía era que, en el fondo, era una romántica. Quería que la primera vez fuera especial para
ella y para el hombre con el que la compartiera. Creyó
que Oliver Kentridge sería ese hombre especial, pero
la había traicionado cuando solo llevaban saliendo dos
meses.

No le había partido el corazón, pero se sentía muy
dolida. Los hombres eran egoístas. Su padre, rico y
mujeriego, abandonó a su madre en cuanto le dijo que
estaba embarazada, y se había casado, pocos meses antes de nacer Poppy, con una rica heredera. Su madre,
que se había quedado destrozada, sin pensárselo dos
veces, se presentó en la boda con la «hija del escán-
dalo», como la denominó la prensa, cuya atención aumentó el sufrimiento de su madre. Poppy tenía horribles recuerdos de correr por la calle, de la mano de su
madre, tratando de evitar a los paparazis. En esa época,
el orgullo había impedido a su madre pedir ayuda a la
suya por miedo a que le echara en cara que ya se lo había advertido.

También recordaba el terrible día en que su abuela,
a quien no conocía, fue a buscarla al hospital donde
su madre había muerto de sobredosis. La anciana hizo
todo lo posible para proporcionarle una infancia di-
chosa. Criarse en la finca Dalrymple había sido una
experiencia feliz pero solitaria. Lord Dalrymple apenas recibía visitas, y no había otros niños en la vecin-
dad. Pero se había convertido en su hogar.

La decisión de estudiar Restauración surgió de su
deseo de abrir un salón de té en el pueblo, para poder
estar cerca de su abuela y de todo lo que conocía. Al

irse a Londres a estudiar no encajó con la gente de su edad. No le gustaba beber alcohol ni le interesaban las aventuras sentimentales ni pasarse toda la noche en una discoteca. Se dedicó a estudiar y consiguió un buen trabajo en un moderno restaurante del Soho, que acabó cuando su jefe le dejó claro que la quería tanto en su dormitorio como en la cocina.

Una grave bronquitis que sufrió su abuela fue la excusa perfecta para volver a casa y hacer realidad su sueño. Abrir el salón de té le permitió ganar un modesto sueldo y, a la vez, vigilar a su abuela.

Poppy suspiró al entrar en su casa. Tal vez fuera cierto que tenía prejuicios contra los hombres ricos, como había dicho Raffaele Caffarelli. Pero ¿por qué no iba a desagradarle que él creyera que podía comprar todo lo que deseara? Aunque fuera increíblemente guapo y tuviera toneladas de encanto, ella no sería su siguiente conquista.

Rafe entró en la oficina de Londres el lunes por la mañana.

–¿Conseguiste la información que te pedí?

–No hay mucha, pero la que he reunido está aquí –contestó Margaret entregándole una carpeta–. ¿Qué tal el fin de semana?

–Normal –Rafe comenzó a hojear los papeles mientras se dirigía a su despacho–. No me pases ninguna llamada.

–¿Y si llama la señorita Silverton?

–Hazla esperar.

–De acuerdo.

Él cerró la puerta del despacho y se sentó al escritorio. No había mucho que no supiera ya. Poppy Silverton se había criado con su abuela en la finca Dalrymple y había estudiado en el pueblo hasta marcharse a Londres, al final de la adolescencia. Se había formado como cocinera y había trabajado en un restaurante del Soho. Hacía dos años que regentaba el salón de té en el pueblo. Su abuela, Beatrice, había muerto unos meses antes, exactamente seis meses después de que lo hiciera lord Dalrymple, y la casa que le había dejado en herencia a Beatrice la había heredado Poppy. No había nada sobre su vida privada, sobre con quién salía o había salido.

Rafe había vuelto del pueblo el sábado por la noche y no había dejado de pensar en ella, y no solo por la casa. Nunca había conocido a una mujer que despertara tanto su curiosidad. Era vehemente y rebelde. Seguro que sabía que no llevaba las de ganar, pero, de todos modos, le había hecho frente, lo que a Rafe le resultaba enormemente atractivo, acostumbrado como estaba a que las mujeres se desvivieran por complacerlo.

Y Poppy tenía razón al decirle que no sabía quién lo quería de verdad. ¿A quién le importaba él aparte de a sus hermanos? A su abuelo no, desde luego. Y sus empleados eran leales y respetuosos, pero les pagaba generosamente por serlo.

Rafe frunció el ceño ante el curso que tomaban sus pensamientos. No le interesaban ni el amor ni el compromiso. La pérdida de sus padres le había enseñado a reprimir las emociones. Querer a alguien conllevaba un enorme sufrimiento si se perdía al ser amado. Él ya no perdía a nadie, puesto que siempre era él el que iniciaba y terminaba sus relaciones.

Duraban lo que quería, y ni un minuto más.

Rafe pulsó el intercomunicador.

–Margaret, entérate de quién es el propietario del edificio donde la señorita Silverton tiene el salón de té y hazle una oferta que no pueda rechazar. Que firme un acuerdo de confidencialidad.

–Enseguida.

–Y, otra cosa, anula todas mis citas para las dos semanas próximas. Voy a marcharme.

–¿De vacaciones?

–Algo así –contestó Rafe sonriendo.

Capítulo 3

EL LUNES siguiente, Poppy estaba atendiendo a un cliente habitual cuando entró Raffaele Caffarelli. El pulso se le detuvo durante un segundo, pero no hizo caso y siguió hablando con el cliente.

–Aquí tiene, señor Compton –dijo mientras le tendía una generosa porción de tarta de naranja y coco.

–Gracias, querida. ¿Dónde está tu ayudante?

–Ha ido a ver a su madre –respondió Poppy, consciente de que Raffaele la miraba–. ¿Quiere más té o más nata para la tarta?

–No, gracias, ve a atender a tu otro cliente –el señor Compton le guiñó un ojo–. Parece que las cosas mejoran, ¿no?

Poppy se obligó a sonreír.

–Ojalá –se dirigió adonde estaba Raffaele–. ¿Mesa para uno?

–Gracias.

Lo condujo a una mesa cerca de la ventana.

–¿Un café solo y sin azúcar?

–Tiene buena memoria –afirmó él esbozando una media sonrisa.

Poppy trató de no mirarle la boca. Todavía sentía la huella de sus dedos en la muñeca. Y la recorría un escalofrío siempre que recordaba su contacto.

Iba vestido con unos vaqueros y una camisa con el

cuello desabrochado y las mangas subidas. No se había afeitado ese día. Olía divinamente, a madera, a cítricos y a hombre. Desprendía sex-appeal. A Poppy se le aceleró el corazón como si la hubiera tocado.

—Supongo que no querrá un trozo de tarta.

—Estoy tentado —afirmó él mirándola con ojos ardientes.

—Le estoy ofreciendo tarta, señor Caffarelli —dijo ella bajando la voz por si la oía el señor Compton.

—Solo el café —Rafe esperó unos segundos y añadió—: De momento.

Poppy se dirigió a la cocina furiosa con él, pero más aún consigo misma por sentirse tan afectada. Había esperado que volviera. Había intentado no hacerlo, pero todas las mañanas miraba hacia la finca para comprobar si estaba aparcado su coche deportivo, y trataba de no reconocer su desilusión al ver que no era así. Pero sabía que él no iba a cejar en su intento de comprarle la casa.

Había leído sobre él en unas revistas del corazón que Chloe le había dado. Tenía fama de ser despiadado en los negocios, y Poppy pensó que también lo sería con sus conquistas amorosas. Su última amante había sido una modelo de cuerpo fantástico. Poppy estaba segura de que no comía ni tarta ni galletas de chocolate.

Le llevó el café a Raffaele.

—¿Desea algo más?

—¿A qué hora cierra?

—Sobre las cinco. Soy flexible si llegan clientes a última hora. A nadie le gusta que le metan prisa cuando se está tomando una taza de té —miró la de él—. O de café.

—Quiero hablar con usted de un asunto.

Poppy se puso tensa.

—No voy a venderle la casa.

—No tiene nada que ver con la casa.

—Entonces, ¿de qué se trata? —preguntó ella mirándolo con recelo.

—Voy a pasar un par de semanas en la finca para hacerme una idea de cómo es la casa antes de comenzar a hacer planes para ella. Todavía no quiero contratar a un ama de llaves. ¿Le interesaría darme de cenar todas las noches? Le pagaré generosamente, por supuesto.

Poppy se mordió el labio inferior. El dinero le vendría muy bien. Pero ¿cocinar para él cada noche? ¿Qué más esperaba de ella, su cuerpo de postre?

—¿Por qué no cena en el bar del pueblo? Sirven muchos aperitivos —de ninguna manera iba a recomendarle el restaurante de Oliver.

—No tomo aperitivos en bares.

—Desde luego que no.

—Es culpa de mi madre, que era francesa, y ya sabe cómo son los franceses para la comida.

El señor Compton pasó arrastrando los pies, apoyado en su bastón.

—Hazlo, Poppy. Te vendrá muy bien ese dinero para ayudarte en esta mala racha.

Poppy deseó no haberle contado, dos semanas antes, lo mal que andaban las cosas.

—Voy a pensármelo y le daré una respuesta —dijo dirigiéndose a Raffaele.

—Llámeme esta noche —dijo él entregándole una tarjeta.

Ella se la guardó en el delantal y dijo al señor Compton:

–Voy a traerle otra ración de tarta para que se la lleve a casa.

Rafe tendió la mano al anciano cuando Poppy hubo entrado en la cocina.

–Rafe Caffarelli.

–Howard Compton –dijo el anciano al tiempo que le estrechaba la mano–. Así que es usted el nuevo dueño de la finca Dalrymple.

–Sí, le había echado el ojo hace tiempo. Es una magnífica propiedad.

–En efecto. ¿Qué piensa hacer con ella?

–Voy a transformar la casa de campo en un hotel de lujo.

–No se lo diga a Poppy. Ella quiere que la compre una familia.

–¿Conocía usted a lord Dalrymple?

–Su esposa y la mía fueron amigas íntimas desde la infancia. Fue terrible cuando Clara murió. Henry se recluyó en la casa. De no haber sido por Beatrice, la abuela de Poppy, hubiera muerto él también. Todos pensamos que fue un hermoso gesto que le dejara la casa pequeña a ella y a Poppy. Muchos pensaban que les dejaría toda la propiedad, pero la familia de Henry habría puesto muchos problemas. Al no haber un heredero directo, se tardó más de un año en arreglar los asuntos legales.

Rafe pensó en su propia situación. No tenía herederos directos, salvo sus hermanos. ¿Quién heredaría su inmensa fortuna? ¿Para qué trabajaba tanto si no tenía a quien dejársela?

Solo tenía treinta y cinco años. En algún momento

elegiría para casarse a la mujer adecuada; alguien que se moviera en los mismo círculos que él y que no coartara mucho su libertad.

Poppy volvió con un paquete.

—Aquí tiene, señor Crompton.

—Eres un tesoro. No sé qué sería de mí sin ti —el señor Compton se volvió hacia Rafe—. Mucho gusto en haberlo conocido.

—Es un anciano encantador —dijo Rafe cuando el señor Compton se hubo ido.

—Así es. Hago lo que puedo por él, pero no puedo devolverle a su esposa, que murió hace un tiempo. Eran muy amigos. Es muy triste, aunque supongo que ese es el inconveniente de encontrar el amor de tu vida: al final, lo acabas perdiendo.

—¿No se dice que es mejor querer a alguien y perderlo que no querer?

Ella se dio la vuelta y comenzó a recoger la mesa del señor Compton.

—¿Y su última novia? ¿No va a venir?

—Ahora mismo no estoy comprometido.

Ella giró la cabeza para mirarlo.

—¿Por decisión suya o de ella?

—Mía.

—Era muy guapa.

—Hasta que abría la boca.

—¿Y no podía usted pensar en algún modo de tenerle la boca ocupada?

En ese momento, Rafe solo pensaba en la boca de Poppy. La entrepierna comenzó a latirle de deseo al pensar en sus rosados labios en torno a él y en su lengua lamiéndolo y acariciándolo. Quería probar su boca, la textura de sus labios, su dulzura.

¿Qué había en ella que lo atraía tanto? No era en absoluto su tipo, con su actitud desafiante y combativa. En muchas ocasiones parecía que quisiera arrancarle los ojos, pero de vez en cuando captaba en su mirada algo más: un deseo primario. Ella trataba de ocultarlo, pero él lo percibía en su cuerpo, en lo tensa que estaba siempre, como si temiera no ser capaz de controlarse.

Rafe sospechaba que, si se dejaba ir, sería dinamita. Tocarla días antes lo había electrificado. Aún sentía el contacto de sus dedos, y quería sentirlos en todo el cuerpo.

–¿Y, usted, señorita Silverton?

–¿Qué?

–¿Sale con alguien?

–No veo que pueda interesarle si lo hago o no.

–*Au contraire*, me interesa muchísimo.

Ella se sonrojó, pero lo miró desafiante.

–¿Quiere más café o le traigo la cuenta?

Rafe miró sus ojos de color caramelo y el calor que sentía subió otro grado. Olía su fragancia. Estaba lo bastante cerca de ella para tocarla. Sintió la tensión del cuerpo de ella. El odio y el deseo giraban en el aire con un intenso y embriagador aroma.

–No le caigo bien, ¿verdad?

–Mi trabajo consiste en servirle café, no en hacerme amiga suya.

–¿No ha oído eso de que hay que tener a los amigos cerca pero aún más a los enemigos?

Ella le tendió la cuenta.

–¿Y usted no ha oído que nadie regala nada?

Rafe rio mientras sacaba de la cartera un billete de diez libras y lo dejaba en la mesa.

–Hasta que nos volvamos a ver, señorita Silverton. *Ciao.*

Poppy estaba a punto de acostarse cuando se dio cuenta de que Chutney no estaba. Los tres perros habían estado en el jardín mientras se bañaba, pero, cuando los llamó para que entraran, solo Pickles y Relish habían vuelto.

No había rastro de él en el jardín. Parecía que se hubiera esfumado. Poppy comenzó a preocuparse al pensar en lo que le había sucedido a Pickles, al que había encontrado herido y gimiendo de dolor en un hueco de la verja que delimitaba el terreno de la casa de campo.

Chutney solía marcharse con frecuencia, sobre todo si percibía el olor de un conejo. ¿Y si había salido a la carretera? Aunque no había mucho tráfico, un coche que fuera deprisa podía atropellarlo.

Poppy miró la casa de campo, que se erguía en la distancia. El coche del señor Caffarelli estaba aparcado frente a ella y había luz en la planta baja, lo que implicaba que estaba despierto.

Echó una ojeada a su tarjeta, que estaba en la mesa de la cocina. ¿Y si lo llamaba para preguntarle si había visto a Chutney?

Agarró el teléfono móvil y marcó el número antes de tener tiempo de cambiar de opinión.

–Rafe Caffarelli.

Poppy sintió un escalofrío al sentir su profunda voz.

–Soy Poppy Silverton.

–Estaba esperando su llamada.

–No llamo por lo de la cena, sino para preguntarle si ha visto un perro pequeño cerca de la casa. Se llama Chutney.

–No he visto ningún perro.

–Muy bien. Siento haberlo molestado tan tarde. Buenas...

–Voy a salir a echar un vistazo. ¿Cree que se habrá perdido en el laberinto? Yo todavía no sé salir, así que tal vez tenga que venir a rescatarme.

–Estoy segura de que se las sabe arreglar usted solo para salir de situaciones complicadas.

–Se ha informado sobre mí, ¿verdad? –preguntó él riéndose.

–Si encuentra a Chutney, llámeme.

–Haré algo mejor: se lo llevaré.

–No quiero causarle molestias.

–¿Se vendrá el perro conmigo aunque no me conozca?

–Es un auténtico glotón. Hará cualquier cosa por comida.

–Conozco el tipo –afirmó él volviendo a reírse.

El timbre de la puerta sonó unos minutos después. Poppy mandó callar a Pickles y Relish y les ordenó que se sentasen. Abrió la puerta. Rafe llevaba a Chutney debajo del brazo.

–¡Lo ha encontrado! ¿Dónde estaba?

–Cerca de la puerta de la cocina –respondió él mientras se lo entregaba.

Poppy lo dejó en el suelo, y sus amigos comenzaron inmediatamente a lamerlo con frenesí y a gemir de alegría, como si llevara un mes desaparecido en vez de una hora.

–Lamento haberlo molestado. Creo que el perro echa de menos a lord Dalrymple. Íbamos a verlo todos los días.

–Ya me he dado cuenta de que el animal se sentía como en casa.

–Sí, tomé por costumbre acercarme con los perros para comprobar que no se habían producido actos vandálicos en la casa mientras estuvo vacía. Ya he dejado de hacerlo, por supuesto.

–Por supuesto.

–Gracias por traérmelo. No era necesario, pues hubiera ido yo a recogerlo.

–¿Ha pensado en lo que le dije de las cenas?

Poppy volvió a sentir un escalofrío cuando él le sostuvo la mirada con sus ojos oscuros. No podía decirse que estuviera vestida para recibir visitas, ya que llevaba un chándal muy viejo y unas gastadas deportivas que tenían un agujero en el dedo pulgar, donde las había mordido Chutney. Se había recogido el cabello en una cola de caballo y no llevaba maquillaje. Se sentía en desventaja.

–Creo que debería buscarse a otra persona.

–La quiero a usted.

Ella se puso colorada.

–No estoy disponible.

–Sabe que quiere aceptar, se lo veo en los ojos.

Poppy lo fulminó con la mirada.

–Ya veo por qué va a todas partes en su jet privado. Necesita todo el espacio para acomodar su ego.

–Es usted muy obstinada –afirmó él esbozando una sonrisa.

–Ya se lo advertí.

–Me da igual. Cuando quiero algo, no me doy por vencido hasta conseguirlo.

–Gracias por traer a Chutney. No quiero entretenerlo más.

La mirada de él descendió hasta su boca durante unos segundos antes de volver a sus ojos.

–¿No va a ser buena vecina y a invitarme a tomar algo por haberle devuelto su perro?

Poppy sabía que sería una grosería no invitarlo a entrar. Pero, si lo invitaba, ¿no le estaría dando a entender que deseaba su compañía?

–Estoy ocupada. Además, no acostumbro a invitar a hombres que apenas conozco a mi casa por la noche.

–¿Le preocupa lo que piensen los vecinos?

–Usted es mi único vecino en varios kilómetros a la redonda.

–Está usted a salvo conmigo –afirmó el poniéndose serio–. A pesar de la fama que tengo, siento el mayor respeto por las mujeres.

–Cómo me tranquiliza saberlo.

–No me cree.

–Algunos de los comentarios que su examante ha escrito en las redes sociales son muy despectivos.

–Estaba furiosa porque la había despedido, por así decirlo. Le pediré a mi secretaria que le enviara un regalo, para hacerle más llevadera la situación. Debí haberlo pensado antes. Seguro que Zandra retirará lo dicho cuando reciba rubíes o zafiros por valor de varios miles de dólares.

–¿Y por qué no diamantes?

–Porque no regalo diamantes.

–¿Por qué no? No será porque no pueda pagarlos.

–Un diamante es para siempre. Cuando encuentre a la mujer adecuada, se lo regalaré.

Poppy lo miró con escepticismo.

–¿Está pensando en abandonar su vida de playboy?

–No entra en mis planes inmediatos.

–¿Va a estar muy ocupado segando la avena de sus campos? –le preguntó ella con sorna.

–Todavía me quedan algunos. Después, ¿quién sabe? ¿No dicen que un crápula reformado es el mejor marido?

–¿Qué clase de esposa desearía? ¿Una santa de escayola que venga de una familia de sangre azul similar a la suya?

–¿Va a presentarse al puesto? –le preguntó él lanzándole una mirada juguetona.

–No bromee. Usted sería la última persona con la que me casaría.

Él le hizo una burlona reverencia antes de marcharse.

–Lo mismo digo, señorita Silverton. *Bonsoir*.

Capítulo 4

ME ACABO de encontrar con el señor Compton —dijo Chloe a la mañana siguiente—. Me ha dicho que Rafe Caffarelli volvió aquí ayer.

—Solo se tomó un café —observó Poppy mientras metía nata recién batida en la nevera—. No sé por qué se molesta. ¿Qué sentido tiene ir a un salón de té si no se bebe té ni se come tarta?

—El señor Compton también me ha dicho que Rafe te ha pedido que le prepares la cena todas las noches en su casa. Qué emocionante. Así se gana el corazón de un hombre. ¿Qué vas a prepararle?

—No voy a cocinar para él.

—¿Estás loca? Te va a pagar.

—No se trata de eso —respondió Poppy apretando los labios.

—Entonces cocinaré yo. Le haré las tres comidas y la merienda. Incluso le llevaré el desayuno a la cama. Me dan sofocos solo de pensarlo. Seguro que es muy bueno en la cama y que aguanta toda la noche.

Poppy la fulminó con la mirada.

—Un hombre es algo más que su aspecto. ¿Y la inteligencia y la moral? ¿Y los valores personales?

—Te gusta un montón, ¿verdad? —preguntó Chloe sonriendo—. Y creo que le gustas. El señor Compton es de la misma opinión. ¿Por qué, si no, iba a haber venido dos veces seguidas a tomar café?

–Raffaele Caffarelli ha tenido innumerables amantes. Cree que le basta desear algo o a alguien para conseguirlo. Es deplorable.

–¿Qué te pasa? –le preguntó Chloe con los ojos brillantes. No estás así por lo de tu casa–. ¿Por qué te desagrada tanto?

–Preferiría no hablar de ello –dijo Poppy mientras
sacaba el carrito de las tartas al salón.

Chloe la siguió.

–El señor Compton me ha dicho que Rafe va a convertir la casa de campo en un hotel de lujo. Sería
bueno para el pueblo, pues crearía muchos puestos de
trabajo y nosotras tendríamos más clientes.

Poppy se detuvo bruscamente y lanzó una mirada
furiosa a su ayudante.

–Esa casa lleva cuatrocientos setenta y cinco años
siendo un hogar. Generaciones de los Dalrymple han
nacido y muerto allí. Convertirla en un hotel destruirá
su carácter y profanará su historia.

–Supongo que Rafe Caffarelli hará una reforma
con mucho gusto. He consultado en Internet algunas
de sus remodelaciones. No altera la estructura arqui-
tectónica. Incluso hace los primeros planos él mismo.

Poppy se ponía mala al pensar en los paparazis es-
condiéndose entre los setos de su amado pueblo para
conseguir una preciada foto de algún famoso que se
alojara en el hotel.

–Lord Dalrymple se revolverá en su tumba si ese
absurdo proyecto sigue adelante. ¿En qué pensaba su
primo al vendérsela a un promotor inmobiliario? ¿Por
qué no se la ha vendido a una familia?

–Te gusta esa casa de verdad.

–Ya sé que parece ridículo y sentimental, pero creo
que la casa necesita una familia para hacerla revivir.

Lleva sesenta años de duelo. Notas la tristeza al entrar. Las escaleras crujen y los cimientos gimen por su causa.

–¿No querrás decir que está embrujada?

–Lo pensaba de niña, pero no ahora. Solo es un sitio viejo que necesita que lo llenen de amor y risas.

–Tal vez Rafe se acaba instalando aquí con una de sus conquistas.

–No creo –dijo Poppy con desdén–. Ninguna le dura más de dos meses. Los mujeriegos como él no sientan la cabeza, se limitan a cambiar de pareja.

–Deduzco, por lo que dices, que no soy la única que ha investigado al ilustre Rafe Caffarelli.

–No me interesa lo más mínimo lo que hace o con quien lo hace –dijo Poppy volviendo a la cocina–. Tengo cosas mejores en las que emplear el tiempo.

Justo antes de la hora de la comida, el señor Underwood, el casero de Poppy, entró en el salón de té. Solía ir los viernes por la tarde a tomarse una taza de té y una ración de tarta. Poppy deseó que no fuera una visita relacionada con el alquiler. Tenía que hacer frente a muchos gastos en su casa, que necesitaba una mano de pintura en el interior y el exterior. Había, además, que podar un olmo del jardín, ya que las ramas arañaban la ventana de su dormitorio, impidiéndola dormir. Un aumento del alquiler, por pequeño fuera, la desequilibraría económicamente.

–¿Lo de siempre, señor Underwood? –le preguntó con unas sonrisa.

–¿Podemos hablar un momento?

–Desde luego.

–Tengo que comunicarte que me han hecho una

oferta por este edificio. Es muy buena, la mejor que he recibido, así que la voy a aceptar.

–No sabía que tuviera intención de vender –dijo ella con el ceño fruncido.

–Llevo un tiempo pensándolo. Jean quiere viajar más. Tenemos tres nietos pequeños en Estados Unidos y queremos estar también con ellos. Voy a vender este edificio y otro que tengo en Shropshire.

–¿Quién le ha hecho la oferta?

–No puedo decírtelo. El comprador ha insistido en una total confidencialidad hasta que haya acabado el papeleo.

Poppy apretó los labios mientras la furia crecía en su interior.

–Seguro que habrá insistido.

John parecía incómodo.

–No quiero causarte ningún mal, Poppy. Chloe y tú sois unas inquilinas estupendas, pero se trata de una decisión comercial. No es nada personal.

–Nos queda un año de contrato. Eso no cambiará, ¿verdad?

–No, a no ser que el nuevo propietario quiera reformar el edificio.

–¿Le ha dicho lo que quiere hacer?

–No, solo estaba empeñado en comprar el edificio.

Poppy pensó que afirmar que Rafe era despiadado era quedarse corto. Era más listo y calculador de lo que había imaginado. Pero no la derrotaría sin oponer resistencia. Ella no consentiría que se saliera con la suya. ¿Pensaba él que daría su brazo a torcer?, ¿que la iba a obligar a acostarse con él poniéndole un alquiler desorbitado? ¿Qué clase de mujer se creía que era?

–¿Cree que el nuevo dueño me subirá el alquiler?

–Tendrás que preguntárselo a él.

–¿Cómo voy a hacerlo si no quiere revelar su identidad?

–Creo que del alquiler se encargará una agencia. De todos modos, quería que supieras que he vendido. No me gusta tener secretos, aunque el comprador cree que es necesario.

Poppy se obligó a sonreír.

–Seguro que tendrá sus razones.

Cuando el señor Underwood se hubo marchado, ella entró en la cocina hecha una furia.

–Voy a darle un puñetazo en la nariz, a sacarle los ojos, a darle patadas...

Chloe la miró confusa.

–Creí que el señor Underwood te caía bien. ¿Te ha subido el alquiler?

–No hablo de él, sino de Rafe Caffarelli, que ha comprado la tienda. Sé que ha sido él, a pesar de que el señor Underwood no me haya dicho nada, porque es un secreto. Y sé por qué: Rafe Caffarelli quiere chantajearme para que me acueste con él.

–Oye, ¿me he perdido algo? ¿De verdad quiere acostarse contigo? ¿Te lo ha dicho?

–No, pero se lo veo en los ojos cuando me mira –Poppy apretó los puños–. Y no lo haré.

–Pues lo haré yo. ¿En qué piensas, Poppy? Es guapísimo, y rico. Es el sueño de cualquier mujer.

–Pero no el mío.

–Estás loca. ¿Qué habría de malo en que tuvieras una aventura con él? Cuando acabara te regalaría un montón de joyas que podrías vender, y jubilarte con lo que te dieran por ellas.

Poppy le dirigió una mirada de reproche.

–No sabía que fueras tan superficial.

—No soy superficial, sino pragmática. Piénsalo. ¿Cuándo vas a tener la oportunidad de moverte en los círculos de Rafe? Merecería la pena aunque solo fuera por la publicidad. Daría a conocer el salón de té.

—No voy a acostarme con Rafe Caffarelli para tener más clientes. Me respeto.

—Estás anclada en la Edad Media. ¿Quién espera hoy al hombre ideal? La mayoría de las chicas pierden la virginidad antes de acabar la escuela. Piensa en todo el sexo que tendrás que tener para ponerte al día.

—No pienso en el sexo –al menos hasta hacía poco.

—Porque no sabes lo que te pierdes. No es malo tener relaciones sexuales antes de casarte.

—No voy a esperar forzosamente a casarme, sino a estar segura de qué es lo que quiero hacer y de que el hombre es el adecuado.

—Todo esto es por lo que le pasó a tu madre, ¿verdad? Ha hecho que tengas miedo.

—Puede que un poco... bueno, más que un poco. Ser abandonada de aquel modo le destrozó la vida y nunca se recuperó. Quería de verdad a mi padre. Y también arruinó la vida de mi abuela, que tuvo que hacerse cargo de mí y criarme.

—Estuvo encantada de hacerlo.

—Pero mi madre murió muy joven, y mi abuela no pudo hacer todo lo que deseaba. No quiero que eso me ocurra. Quiero ser dueña de mi futuro.

—Hay cosas en la vida que no dependen de ti.

—Lo sé, pero voy a centrarme en las que sí lo hacen. Y voy a empezar ahora mismo.

Rafe se hallaba trabajando en unos bocetos preliminares en el estudio que había improvisado en la casa cuando oyó que un coche se detenía frente al edificio. Supo quién era sin mirar por la ventana.

Cuando llamaron a la puerta, sonrió. ¡Que aburrida había sido la vida antes de conocer a Poppy Silverton!

Hacía años que no se divertía tanto.

–Tenemos que dejar de vernos así o empezarán a circular rumores.

Poppy, con los puños cerrados y el cuerpo rígido le espetó:

–Es usted un cerdo vil y calculador.

–Yo también me alegro de verla.

–¿Cómo se puede ser tan despiadado? Ha comprado mi negocio.

–¿Y? Soy promotor inmobiliario. Compro propiedades.

–Sé lo que intenta, pero no va a lograrlo –afirmó ella, llena de furia.

Rafe se apoyó con despreocupación en el quicio de la puerta.

–¿Qué cree que intento hacer?

–Chantajearme. Se habrá enterado de que apenas puedo pagar el alquiler. Pero no lo conseguirá. No pienso prostituirme con alguien como usted.

–Ya veo que debo hacer algo para mejorar la impresión que tiene de mí. ¿Qué le hace pensar que voy a subirle el alquiler?

–¿Es que no va a hacerlo? –preguntó ella mirándolo con recelo.

Él negó con la cabeza.

–Entonces, ¿por qué ha comprado la tienda?

–Me gusta. Es única.

–¿A qué se refiere?

–Me gusta la idea de un salón de té tradicional.

Tiene clase y supone un cambio con respecto a las cadenas impersonales.

–Ni siquiera toma usted té –dijo ella mirándolo con escepticismo.

–Es verdad, pero tal vez sea porque no he probado un buen té. Podría usted educarme en el arte de beber té de alta calidad.

–Me da la impresión de que no está hablando de té.

–¿Y de qué, si no, iba a estar hablando?

–Si quiere probar un té de verdad, venga al salón hoy a las cuatro.

–Preferiría una clase particular. No quiero que me distraigan otros clientes.

–Muy bien. Venga a las cinco y media. Para entonces habré cerrado.

Rafe la vio dirigirse a toda prisa al coche. Él la saludó con la mano mientras se alejaba en el vehículo, pero ella no le respondió.

Capítulo 5

CHLOE se desató el delantal a las cinco en punto.
—Me acaba de llamar mi madre. Quiere que me pase por la farmacia a por sus medicinas para el asma. ¿Te importa que me vaya?

Poppy se alarmó. No le importaba dar a Rafe una clase particular, pero había creído que Chloe estaría allí.

—No, vete, y saluda a tu madre de mi parte. Llévale una ración de la tarta de chocolate que tanto le gusta.

—¿Te las arreglarás tú sola para enfrentarte a Rafe Caffarelli?

Poppy le sonrió con una seguridad que distaba mucho de sentir.

—Desde luego.

La campanilla de la puerta sonó a las cinco y media. Poppy llevaba mirando el reloj desde que Chloe se había marchado. Y, conforme pasaban los minutos, se le aceleraba el corazón. Salió de la cocina con un nudo en el estómago.

Rafe iba vestido de modo más formal, con pantalones grises, camisa blanca, chaqueta azul y corbata gris. Se había afeitado y también duchado, pues tenía el cabello húmedo.

—Siento llegar tarde.

Poppy estaba segura de que no era cierto.

—Siéntese en esa mesa junto a la ventana. Voy a encender el hervidor.

–¿No puedo ir a ver cómo lo hace?

–Le aseguro –replicó ella haciendo un mohín– que ver como el agua alcanza el punto de ebullición en un hervidor no tiene nada de interesante.

–Lo tiene si es usted la que lo hace.

–¿Está flirteando conmigo, señor Caffarelli?

–Llámeme Rafe.

–Rafe... –a ella le pareció que había cruzado una línea invisible al llamarle así.

Él la miró a los ojos y después descendió a la boca. Ella sintió un cosquilleo en los labios al tiempo que se preguntaba cómo sería que él se los presionara con los suyos. ¿Besaría con firmeza o con seductora suavidad? Sintió un escalofrío. ¿Qué sentiría si él le pusiera las manos en los senos o la acariciara entre las...?

–Poppy.

–¿Sí? –dijo ella pasándose la lengua por los labios.

–Es un nombre bonito. Te sienta bien –afirmó él sonriendo.

–Gracias. La cocina está por aquí.

Poppy encendió el hervidor mientras era consciente de que los ojos oscuros de Rafe no se apartaban de ella. Le dijo que era importante cambiar el agua del hervidor cada vez que se usaba, así como calentar la tetera antes de echar el té, una cucharadita por persona y una por la tetera.

–El té sabe mejor en taza de porcelana.

Él la miró con ojos risueños.

–Fascinante.

–Sí, bueno, soy un poco anticuada al respecto, pero ¿qué le vamos a hacer? –puso la tetera en una bandeja.

–Deja que la lleve yo.

Ella sintió el roce de sus dedos cuando él agarró la bandeja, y fue como si experimentara una descarga eléctrica en un lugar secreto entre los muslos. Lo miró a los ojos.

Los de él eran tan oscuros que no se le distinguían las pupilas. Estaba tan cerca de él que le veía cada poro de su recién afeitada mandíbula, que, a pesar de ello, rasparía si se la acariciara... Apartó la mirada.

–Pues vamos a tomar té –dijo.

Cuando la bandeja estuvo en la mesa, Rafe la condujo a la silla con la mano en su codo. Poppy sintió otro escalofrío. No recordaba que le hubiera pasado algo así con otro hombre. Todo en él le despertaba los sentidos, por lo que le resultaba difícil concentrarse en lo que estaba haciendo.

–¿Quieres leche?

–No lo sé. ¿Debería tomarlo con leche?

–Depende del tipo de té, pero es cuestión de gustos.

–Entonces, lo tomaré sin leche, como el café.

Poppy le sirvió una taza y lo observó mientras lo probaba. Rafe frunció la nariz y depositó la taza en el plato.

–¿Y bien?

–Es algo insípido.

–¿Insípido?

–Soso.

–¡Por Dios! ¡Pero si es té de Ceilán de la mejor calidad! ¿Qué le pasa a tu paladar?

–Nada, simplemente no me gusta el té.

–¿Y si le pones leche y azúcar?

–Lo probaré con leche, pero sin azúcar.

–Toma –Poppy le dio de nuevo la taza–. Pruébalo ahora.

Rafe lo probó y volvió a fruncir la nariz.

–Me temo que no es lo mío.

–¿No te gusta?

–Tiene un sabor indefinido.

–No, es sutil.

–Lo siento, pero no estamos hechos el uno para el otro.

Poppy negó con la cabeza intentando no sonreír. Rafe era encantador cuando se lo proponía, por lo que debía tener cuidado y no bajar la guardia. Era su enemigo.

–Eres incorregible.

–Es lo que decía mi madre.

Ella agarró su taza y le dio un sorbo.

–¿Dónde viven tus padres, en Francia o en Italia?

–No viven en ningún sitio –dijo él con los ojos apagados.

–¿Cómo?

–Murieron cuando tenía diez años.

–Lo siento –Poppy se mordió el labio inferior. Tal vez debiera haberlo investigado más. El artículo que había leído no decía nada sobre su infancia.

–Fue hace mucho tiempo.

–¿Qué pasó?

–Iban en una lancha motora a mucha velocidad y chocaron con otra en la Riviera Francesa. Mi madre murió en el acto y mi padre, en el hospital, tres días después.

–Lo siento mucho. Debió de ser terrible para tus hermanos y para ti.

Un destello de dolor brilló en los ojos de Rafe, que bajó la cabeza.

–Sí, lo fue.

–¿Qué pasó después? ¿Quién cuidó de vosotros?

–Mi abuelo paterno se hizo cargo de nosotros.

–¿Vive todavía?

–Sí.

–¿Te llevas bien con él?

–Nadie se lleva bien con él.

Poppy se dio cuenta de que no quería hablar de su infancia. ¿Cómo sería su abuelo? ¿Habría hecho aún más desgraciados a sus nietos al criarlos?

–¿Y tu abuela?

–Murió de cáncer cuando mi padre era adolescente.

–¿Y tus abuelos maternos?

–Murieron antes de que yo naciera –agarró la taza y tomó un sorbo de té, hizo una mueca y volvió a dejarla en la mesa–. Háblame de tu infancia. Dijiste que habías perdido a tus padres cuando tenías siete años. ¿Cómo murieron?

Poppy se miró las manos y comenzó a doblar y desdoblar la servilleta.

–No conocí a mi padre. Abandonó a mi madre antes de que yo naciera y se casó con otra.

–¿Así que te crió tu abuela?

Ella asintió y volvió a mirarlo.

–Era maravillosa. Se encargó de mí después de la muerte de mi madre. Tuve una infancia feliz, a pesar de todo. Lord Dalrymple era muy amable conmigo. Siempre tenía tiempo para mí.

–¿Te sentiste decepcionada cuando supiste que, al morir, no os había dejado la casa de campo, además de la casa pequeña?

–Claro que no. No formábamos parte de su familia. Mi abuela solo era el ama de llaves.

–Pero trabajó para él mucho tiempo.

–Le encantaba trabajar para él. Lo quería.

–¿Lo quería? –repitió Rafe enarcando una ceja.

–Creo que un poco, aunque él nunca se dio cuenta. Vivía en el pasado y llevaba luto por su esposa. Mi abuela no esperaba nada de él, por lo que se llevó una sorpresa mayúscula cuando nos dejó la casa pequeña. Fue un gesto agradable que significó mucho para ella. No había poseído nada en toda su vida, ni siquiera un coche. Se había criado en una familia miserable e inculta. Mi abuela comenzó a limpiar casas a los quince años. Por eso, verse de pronto dueña de una casa fue para ella un sueño hecho realidad.

—Supongo que la familia de lord Dalrymple se llevaría una desagradable sorpresa.

—Sí, pero él había dejado muy claro en el testamento que la casa era para nosotras.

—Y, cuando tu abuela murió, pasó a ser tuya.

—Sí.

Se produjo un tenso silencio.

—Solo es una casa, Poppy.

—No, es mucho más que eso.

—Puedes comprar una mucho mejor con el dinero que te ofrezco.

A Poppy no le gustó cómo había pasado, en menos de un segundo, de estar escuchándola atentamente a adoptar el papel de hombre de negocios. Durante unos instantes había creído que su dureza era una fachada.

Se había equivocado.

Era tan duro como el acero, y sería mejor que no lo olvidara.

—¿Por qué quieres esa casa? ¿No te basta con la grande? Tienes propiedades en todo el mundo. ¿Por qué te obstinas en poseer una casita en un pueblecito de la campiña inglesa?

—Quiero esa casa. Pertenece a la finca y no debería haber sido separada de la escritura.

Poppy lo fulminó con la mirada.

–La casa me pertenece y no vas a conseguirla. Ve haciéndote a la idea.

Él la taladró con la mirada.

–No te entrometas, Poppy. No sabes lo cruel que puedo llegar a ser si tengo que hacerlo.

Ella se puso de pie arrastrando la silla hacia atrás.

–Fuera de mi tienda.

–¿No te acuerdas que ya es mía? –preguntó él con una sonrisa.

Furiosa, quiso abofetearlo. Cerró los puños mientras el cuerpo le temblaba de impotencia.

–¿Qué vas a hacer? ¿Subirme el alquiler una cantidad desorbitada? Pues adelante. Voy a decir a todo el mundo que intentaste sobornarme para que me acostara contigo. Iré a todos los periódicos, te lo aseguro.

–Me encanta el temple que tienes –dijo él riéndose–. Nadie se ha enfrentado a mí como tú lo haces. Pero no vas a ganar. Siempre consigo lo que quiero.

–Fuera de aquí.

–Llama a los periódicos y diles lo que te parezca. Creerán que eres una más que busca fama y dinero. Al final, serás tú la que saldrá perdiendo, no yo. ¿Cuánto te debo por el té?

–Invita la casa –contestó ella fulminándolo de nuevo con la mirada.

–Hablaba en serio cuando te he dicho lo del alquiler. No pienso introducir ningún cambio en el acuerdo que tenías con John Underwood.

–¿Debo darte las gracias?, ¿besarte los pies?, ¿postrarme ante ti? Venga, ponme un dedo encima a ver qué pasa. Te desafío a que...

Él la agarró por los brazos tan deprisa que ella no tuvo tiempo de reaccionar antes de que sus bocas se unieran.

Fue un beso intenso y posesivo, una presión ardiente sobre sus labios que le produjo un hormigueo como si una corriente de alto voltaje se transmitiera del cuerpo de Rafe al suyo.

Intentó resistirse, pero cuando sus labios se unieron le pareció que se derretía. Y abrió la boca y probó la ardiente pasión de él y las embestidas de su lengua en busca de la de ella. Él le exploró todos los rincones de la boca a conciencia y la dejó sin aliento y casi incapaz de mantenerse en pie.

Lo más humillante fue que ella lanzó un pequeño gemido de aprobación justo antes de que él se separara.

Fue un ligero consuelo que él pareciera hallarse en el mismo estado de shock cuando le soltó los brazos y retrocedió con paso inseguro.

Inclinó la cabeza con expresión inescrutable.

–Gracias por la clase. Ha sido... entretenida.

Poppy respiró hondo cuando él se hubo ido. Sabía que la batalla no había terminado.

Acababa de empezar.

Capítulo 6

CREO que te has obstinado en este asunto –afirmó Chloe dos días después–. No dejo de pensar en ese pobre hombre muriéndose de hambre en la casa de campo.

–Seguro que tiene un harén de rubias pelándole las uvas. En cualquier caso, ¿qué tiene de malo, de vez en cuando, una cena calentada en el microondas?

–Me parece increíble que digas eso tú, la reina de la cocina natural.

–No me opongo a la comida rápida de forma ocasional –replicó Poppy sonriendo a su pesar.

Se oyó la campanilla de la puerta y a Poppy le dio un vuelco el corazón.

–Ve tú. Tengo que meter las galletas en el horno.

–Él no ha venido a verme a mí, desgraciadamente.

–¿Cómo sabes que es él?

–Porque no te pones colorada como una amapola cuando es otra persona la que entra.

–Es por lo mucho que me desagrada.

–Sí, claro, y yo odio el chocolate.

Poppy entró en el salón.

–Buenos días, señor Caffarelli. ¿Lo de siempre?

–No he venido a tomar café.

–¿Té, entonces? –preguntó ella mirándolo con descaro.

—¿Puedes cenar conmigo esta noche?

Poppy puso los brazos en jarras. ¿De dónde sacaba tanta arrogancia y seguridad en sí mismo? ¿Era una cuestión genética?

—No te rindes con facilidad.

—No es propio de mí.

Chloe asomó la cabeza por la puerta de la cocina.

—Le encantará ir a cenar. No tiene nada mejor que hacer. Hace más de tres meses que no sale con nadie.

Poppy se volvió hacia Chloe y le lanzó una mirada asesina.

—¿Te importa?

—¿Qué mal hay en cenar con él? Lo estás deseando.

—¡No lo estoy deseando!

—Lo está deseando —afirmó Chloe dirigiéndose a Rafe—. Le hará bien. Necesita salir más.

—Juro por Dios que te voy a...

—Arreglado, entonces. Te recogeré a las siete. Podemos ir al restaurante nuevo del pueblo de al lado del que todo el mundo habla.

—No voy a...

—¿Qué debe ponerse? —preguntó Chloe antes de que Poppy acabara de protestar.

—Que me sorprenda —Rafe sonrió a las dos y se fue.

—Estás despedida —dijo Poppy.

—No lo dirás en serio. Además, ¿qué mejor que ir al restaurante de Oliver con un acompañante tan rico y guapo como Rafe Caffarelli? ¿No es una magnífica venganza? Me gustaría estar presente cuando ese canalla te vea entrar de su brazo. Es la forma perfecta de demostrarle que has superado su abandono.

—No fue tan terrible que me dejara.

—Claro que no. Te pasaste una semana llorando a lágrima viva. Y te comiste una tarta de queso entera.

–Media tarta. Y lloraba porque quería que hubiera alguien en mi vida. Desde que murió mi abuela, tengo la sensación de que nadie me quiere.

–En este pueblo, todos te queremos, Poppy –dijo Chloe abrazándola–. Somos tu familia.

Mientras volvía a la cocina, Poppy pensó que tal vez Chloe estuviera en lo cierto y fuera una manera de demostrar a Oliver que había seguido adelante.

Pero ¿ir con Rafe Caffarelli?

Era un tipo muy listo, que hacía todo con un propósito. Poppy sabía que quería su casa. Pero ¿y si no fuera eso lo único que deseara?

Sobre todo después de aquel beso explosivo.

Se negó a pensar en él. Había tratado de borrarlo de la mente porque se avergonzaba de lo dispuesta que había estado a devolverle el beso a Rafe, casi desesperada.

No entendía a Rafe. Había comprado el salón de té, pero no le había subido el alquiler y le había dicho que no lo haría. ¿Podía fiarse de que no cambiara de idea de repente? ¿Trataba de seducirla furtivamente?

Él no podía dudar ya que la atraía, a pesar de lo que ella se había esforzado en ocultarlo. ¡Era tan atractivo! Su pelo revuelto y la sombra de la barba en la mandíbula podían haber sido signos de dejadez en otros, pero en él resultaban atractivos.

Y la boca... Poppy tragó saliva al pensar en sus labios, tan bien dibujados y tan masculinos, y en cómo sabían. ¿Volvería a besarla? ¿Por eso iba a llevarla a cenar? ¿Tendría ella fuerzas para resistirse?

Desde luego que sí

Antes la había pillado desprevenida. La próxima

vez estaría preparada, y por mucho que él tratara de deslumbrarla o hechizarla, no perdería el control.

Rafe aparcó frente a la casa de Poppy a las siete en punto. Al ir a llamar a la puerta, oyó a los perros ladrando como locos y a ella tratando de que se callaran. Después, Poppy abrió la puerta.

–Estás... –tardó unos segundos en hallar la palabra–. Estupenda.

Poppy llevaba un sencillo y elegante vestido de noche negro que realzaba su estilizada figura.

Estaba tan atractiva que él se quedó sin respiración durante unos segundos. Se había recogido el pelo en un moño y llevaba un collar de perlas y unos pendientes a juego. Un leve maquillaje realzaba sus pómulos altos, los ojos castaños y la curva perfecta de su boca.

Él seguía sin poder dejar de pensar en el beso que le había dado. No recordaba otro que le hubiera afectado tanto. Había besado a decenas, probablemente a centenares de mujeres, pero algo en el modo en que la dulce boca de Poppy se había fundido con la suya había despertado un deseo en él que no dejaba de incomodarlo.

La deseaba con locura.

–Voy a por el bolso y el chal.

Rafe le examinó las piernas desde los tobillos hasta la curva de las nalgas. Uno de los perros le gruñó amenazadoramente.

–Siéntate, bonito.

–¿Me hablas a mí o al perro?

Ella se ruborizó levemente mientras se echaba el chal por los hombros.

–Pickles es tímido ante los desconocidos. Pero en

cuanto te conozca, no te lo quitarás de encima. ¿Te gustan los perros?

–Me encantan –Rafe se agachó y acarició a Chutney detrás de las orejas. Relish se acercó y empujó a su compañero para que le acariciara a él, pero Pickles se mantuvo a distancia.

–¿Tienes uno?

–No –contestó él incorporándose–. Viajo mucho, y no sería justo dejarlo al cuidado de los empleados.

–¿Vives en Italia o en Francia?

–Tengo un chalé en Umbria y otro en Lyon, y un piso en Roma y otro en París que uso cuando viajo por negocios. Mi familia tiene casas por todo el mundo. No voy a aburrirte enumerándote los sitios.

–¿Cuál te gusta más?

A Rafe le gustaba el pequeño chalé a las afueras de Roma, donde sus hermanos y él se habían criado antes de que sus padres murieran. Consciente de la gran riqueza del hombre con quien se casaba, su madre había insistido en que sus hijos tuvieran una educación normal, y había reducido el personal de la casa al mínimo.

Pero su abuelo vendió el chalé después del accidente de los padres de Rafe sin consultarlo con él ni con sus hermanos. Se quedaron destrozados al haber perdido no solo a sus padres, sino también la casa. Todo lo que pensaban que era seguro había desaparecido. En consecuencia, Rafe trató, desde entonces, de no encariñarse con las personas ni con los sitios.

–No tengo ninguna preferida. Cada una tiene su función. ¿Nos vamos?

Una vez en el coche, le preguntó:

–¿Así que hace tres meses que no tienes una cita?

–Chloe no debía habértelo dicho.

–Me alegro de que lo hiciera. No me gustaría pisar el terreno de otro.

–Esto no es una cita.

–¿Qué es, entonces?

–Una cena de dos...

–¿Amigos?

–Socios.

–Me sorprende que no hayas dicho enemigos –dijo él riéndose–. Tu opinión sobre mí debe de estar mejorando.

–No mucho.

–Venga, Poppy. No vayamos a estropear nuestra primera cita discutiendo como si fuéramos niños.

–¡No es una cita!

Rafe sonrió mientras aparcaba frente al restaurante.

–Claro que no.

Poppy cambió su expresión malhumorada al entrar en el restaurante. Y tuvo que controlarse para no temblar cuando Rafe le puso la mano en la espalda para guiarla.

Él llevaba un traje gris oscuro y una camisa azul, pero no se había puesto corbata. Era el hombre más guapo que había visto en su vida.

Y no era solo por su aspecto, sino por su porte. Su presencia imponía y emanaba autoridad.

Poppy observó que Morgan, la nueva novia de Oliver, estaba a punto de desvanecerse al saludarlo.

–Es maravilloso darle la bienvenida, señor Caffarelli. Le hemos reservado la mejor mesa –miró a Poppy con frialdad–. Hola, Poppy, ¿cómo va el negocio?

–Hola, Morgan. Muy bien. Últimamente no paramos de trabajar.

–Por aquí –dijo Morgan.

Una vez sentados a la mesa con el menú, Rafe preguntó:

–¿Es amiga o enemiga?

–Preferiría no hablar de eso, si no te importa.

–¿Lo adivino?

–Preferiría que no lo hicieras.

–¿No era el dueño del restaurante, Oliver Kentridge, tu pareja hace tres meses?

Poppy apretó los labios y no respondió.

–¿Y no es Morgan quien te lo quitó?

–No me parece justo echarle la culpa de todo. Yo no le daba a Oliver lo que quería, pero, si yo le hubiera importado, no me habría dejado. Era evidente que no me quería lo suficiente.

–¿Qué era lo que no le dabas? –preguntó él con el ceño fruncido.

Ella se removió en la silla. No era el tipo de conversación que se tiene en un restaurante.

–¿Sexo?

Ella observó su expresión de incredulidad y se puso colorada.

–¿Por qué me miras así?

–¿Te negaste a acostarte con él?

¿Quieres hacer el favor de bajar la voz? –susurró Poppy inclinándose hacia él.

Rafe hizo lo propio y la miró a los ojos.

–¿Cuánto tiempo llevabais saliendo?

–Un par de meses.

–Entonces, ¿cuál era le problema? ¿No te gustaba?

–Más o menos.

–¿Qué quieres decir?

–Quería que nuestra relación fuera más de lo que

era. Mi abuela había muerto y me sentía sola. Quería estar con alguien. Hacía años que conocía a Oliver porque habíamos ido juntos a la escuela. Teníamos mucho en común, o eso creía. Los dos fuimos a Londres a estudiar Restauración. Hace unos meses, cuando volvió, empezamos a salir.

—Entonces, ¿por qué no te acostabas con él? –preguntó él tomándola de la mano.

Poppy miró sus largos dedos entrelazados en los suyos creando una intimidad que haría que cualquiera que los viera creyera que su relación era sexual. Sintió un escalofrío y un calor líquido entre las piernas.

—Quería esperar un poco...

—¿A qué?

—A ver si había química entre nosotros.

—Y es evidente que no la había.

—No...

La llegada de Morgan con la lista de los platos del día interrumpió la conversación. Pero en vez de recostarse en la silla, Rafe mantuvo agarrada la mano de Poppy sobre la mesa. Ella sentía la lenta caricia del pulgar en la parte interna de la muñeca. Era un movimiento fascinante que le hacía arder la sangre.

Morgan se fijó en las manos entrelazadas antes de dirigirse a Rafe.

—¿Quieren tomar algo de beber antes de la cena?

—Champán, el mejor que tengan –dijo él con una sonrisa.

—¿Champán? –dijo Poppy cuando Morgan se hubo ido.

Él la miró con ojos risueños.

—He logrado convencerte de que salgas conmigo, lo cual merece una celebración, ¿no crees?

—No me has convencido, me has coaccionado.

Él se llevó la mano de ella a la boca. Al sentir que la barba le raspaba los dedos, Poppy se estremeció de placer.

–Reconoce que querías venir. En caso contrario, no estarías aquí, pues habrías buscado una excusa o me hubieras dado con la puerta en las narices al ir a recogerte. Pero estabas lista y esperándome.

Poppy se reprochó haber sido tan predecible. ¿Por qué no le había dado con la puerta en las narices?

–No me fío de ti. ¿Cómo sé que, de repente, no vas a cambiar de idea sobre el alquiler?

–Porque no es mi forma de hacer negocios.

–Pero un salón de té no puede estar al principio de tu lista de bienes a adquirir. No es en lo que inviertes normalmente.

–Me gusta diversificar mis inversiones.

Poppy trató de descifrar su expresión, pero fue en vano. Sabía que ella era una novedad para él; de ahí el juego de palabras. Probablemente fuera la primera mujer que se había negado a sus deseos. El problema era cuánto tiempo más podría seguir haciéndolo. No dejaba de mirarle la boca. ¿Qué sentiría si volviera a tenerla contra la suya? ¿Qué les depararía la noche?

¿Se conformaría él solo con un beso?

¿Y ella?

Estaba a la expectativa, excitada y nerviosa.

¿Esperaría él algo más que un beso?

No podía negarse que había química entre ellos ni que la había habido desde el momento en que él había entrado en el salón de té. ¿Qué iba a hacer ella al respecto?

Morgan apareció con el champán.

–¿Qué celebramos? –preguntó mientras descorchaba la botella.

–Nada especial, una cena de amigos –respondió él con otra sonrisa.

–No era consciente de los elevados círculos en que te mueves, Poppy –dijo Morgan mirándola con acritud–. No ha salido nada en la prensa sobre vuestra relación.

Rafe apretó la mano de Poppy a modo de advertencia.

–Tratamos de que pase desapercibida, por lo que le estaríamos agradecidos si fuera discreta.

–Desde luego –afirmó ella antes de marcharse.

Poppy lo fulminó con la mirada.

–¿Se puede saber qué estás haciendo? Ahora mismo va a llamar a los periódicos para vender la exclusiva.

–¿Y qué?

–¿Cómo puedes ser tan informal en un asunto así? Le has hecho creer intencionadamente que salimos. La prensa se burlará de mí. No me parezco a las mujeres con las que normalmente te citas. Harán comentarios horribles sobre mí y me tacharán de cazafortunas, o algo peor.

Como habían hecho con su madre.

Poppy había encontrado recortes de revista entre las cosas de su abuela, después de su muerte. Conocer más detalles de la historia de su madre la dejó destrozada: una chica normal y generalmente sensata atraída por un hombre rico que la abandonó al cansarse de ella. El padre de Poppy no había reconocido su paternidad cuando su madre le dijo que estaba embarazada. Y en esos días no era tan fácil como en la actualidad comprobar la paternidad. Habían afirmado que su madre era una cazafortunas que quería ascender socialmente casándose con un hombre rico.

¿No dirían lo mismo de ella si aparecía en la prensa con Rafe Caffarelli?

–¿Por qué te preocupa tanto lo que la gente crea?

–A ti no te importa porque estás acostumbrado. Supongo que no pasa un día sin que haya un artículo sobre ti. A mí, en cambio, no me gusta que me saquen fotos ni siquiera cuando estoy dispuesta. Seguro que algún fotógrafo sin escrúpulos me saca con perejil entre los dientes o sin maquillar o con el chándal más viejo que tengo.

–Pues a mí me gustaste mucho la otra noche con el que llevabas puesto –afirmó él sonriendo–. Estabas arrebatadora.

Poppy agarró la copa de champán para hacer algo con las manos. Rafe era encantador cuando flirteaba, pero ella no debía olvidar que tenía algo que él deseaba: su casa. Ya había intentado que se la vendiese por otros medios, por lo que tal vez su nuevo enfoque no tuviera nada que ver con que a él le resultara atractiva, sino que fuera un truco para conseguir su objetivo.

–Supongo que crees que si me halagas lo suficiente cambiaré de opinión y te venderé la casa.

–Creo que te confundes con respecto a mis motivos.

–¿En serio? ¿Vas a decirme, entonces, que me has pedido que viniera a cenar contigo, no como una artimaña para hacerme cambiar de idea, sino porque mi compañía te resulta encantadora?

–Yo diría que me resulta electrizante –replicó con una media sonrisa totalmente sexy–. No te pareces a ninguna de las personas que conozco.

A Poppy se le hizo un nudo en el estómago cuando él la miró con ojos traviesos.

–Eso debe de ser un desafío aún mayor para ti.

–¿Por qué?

–Porque soy... eso... lo que te he dicho antes.

–¿Qué me has dicho antes?

Poppy soltó un bufido. ¿Se lo tenía que deletrear? Como seguían en silencio, sintió que el calor de la vergüenza le subía por el cuello y el rostro.

Finalmente, lo soltó.

–Soy virgen.

Capítulo 7

RAFE la miró con la mandíbula desencajada.

—¿En serio?

—Ya te he dicho antes que...

—Me has dicho que no te habías acostado con tu ex, no que no lo hubieras hecho con nadie.

Ella se puso a la defensiva.

—Vale, di que soy un dinosaurio o un paria.

Rafe no daba crédito. Se había acostado con decenas de mujeres, todas con experiencia y algunas con más que él, sobre todo con las que se había acostado en la adolescencia.

Le gustaba pensar que no utilizaba un doble rasero, que era un hombre del siglo XXI, tan abierto y progresista con respecto al sexo como el que más. Pero la inexperiencia de Poppy despertó algo totalmente anticuado en su interior que desconocía poseer.

¡Una virgen!

¡En aquella época!

La miró mientras ella daba sorbitos de champán y trataba de comportarse con normalidad en una situación totalmente anormal, al menos para él.

Rafe siempre seguía la misma rutina: cena y sexo, una combinación que siempre le daba buenos resultados.

Siempre conseguía a la chica.

Pero Poppy era otra historia. Desde el primer momento la había considerado un enemigo al que vencer. Pero, de algún modo, era ella la que se hallaba en aquel momento en una posición de ventaja. Toda una paradoja.

No lo había visto venir ni estaba preparado. Poppy era la mujer más fascinante e interesante que había conocido.

Y ella lo odiaba.

De acuerdo, era un problema menor, pero podía tratar de resolverlo conociéndola, seduciéndola un poco y haciendo que se sintiera más a gusto con él.

Y conseguiría que le vendiera la casa.

Ese seguía siendo su objetivo. Nunca se desviaba de sus objetivos por nadie. Quería la casa porque, sin ella, la finca Dalrymple no estaría completa. No hacía las cosas a medias. Cuando quería algo lo conseguía, con independencia de qué o quién se interpusiera en su camino.

Siempre se salía con la suya.

Perder significaría que su abuelo tenía razón: no era lo bastante bueno ni fuerte para resistir la oposición ajena. Vittorio les había inculcado, a sus hermanos y a él, que eran malas imitaciones de sí mismo, que él era el patriarca a quien nadie podía eclipsar.

La arrogancia de su abuelo había provocado en Rafe el horror al fracaso, concepto que para él no existía.

Su enemiga no debería caerle bien, no debería respetarla ni desearla como no había deseado a otra mujer. Lo excitaba observar sus labios alrededor de la copa al ir a beber y se preguntaba qué sentiría si lo succionaran a él y lo llevaran al borde del placer.

–¿Y cómo has llegado a la edad de...?

–Veinticinco.

—¿Cómo has llegado a los veinticinco sin tener sexo?

—No he querido acabar como mi madre, que se enamoró del primer tipo que le dijo un cumplido. Supongo que eso me hizo muy precavida. Quería estar segura de que la primera vez fuera con la persona adecuada. No es que ansíe una alianza matrimonial ni nada parecido. Y tampoco se debe a creencias religiosas, aunque respeto profundamente a quien las tiene.

Rafe desearía poder decir lo mismo, pero el Dios de su infancia no había dado respuesta a sus oraciones el día en que sus padres murieron. Ese día se había sentido solo en el mundo, y ese sentimiento nunca lo había abandonado del todo.

—No me parece que seas un paria. Creo que ser selectivo a la hora de acostarse con alguien no tiene nada malo. Para serte sincero, a veces me hubiera gustado ser más selectivo.

—¿A qué se dedican tus hermanos? —preguntó ella para cambiar de tema.

—Raoul se dedica a los negocios de la familia en el campo de la inversión. Le encanta hacer deporte: monta a caballo y practica el esquí y el esquí acuático. Y Remy se dedica a comprar empresas en quiebra, las saca a flote y las vende obteniendo beneficios.

—Debes de preocuparte mucho por ellos. Me alegro de ser hija única.

A Rafe le atormentaba la idea de perderlos. Eran lo más preciado que tenía. No se lo decía, ya que ninguno de los tres demostraba su afecto por los otros dos, pero, si les sucediera algo, se quedaría destrozado. Desde los diez años había asumido la responsabilidad de cuidarlos.

–Cada uno tiene su vida. Intentamos vernos cuando coincidimos en el mismo país.

–¿Qué papel desempeña tu abuelo en el negocio?

–Últimamente ha pasado a segunda línea, lo cual no es algo natural en él. Tuvo un derrame cerebral leve hace dos meses, por lo que ha vuelto aún más cascarrabias si cabe.

–No te cae muy bien, ¿verdad?

–Me digo que tuvo que ser difícil para él verse de pronto con tres niños a los que criar, pero la verdad es que nunca le hemos interesado mucho, ni siquiera antes de que mis padres murieran. Mi padre y él tuvieron siempre malas relaciones, que empeoraron cuando apareció mi madre. A mi abuelo no le gustó la elección de esposa de mi padre, y no creo que fuera porque mi madre era francesa y de clase baja. Me parece que tenía envidia.

–¿Envidia?

–Sí, detestaba que mi padre hubiera encontrado a alguien a quien quería, mientras su esposa, mi abuela, estaba en la tumba.

–¿Salió con más mujeres o pensó en volver a casarse?

–Tuvo a más mujeres, incluso cuando mi abuela vivía: sirvientas, limpiadoras, chicas cuyo silencio compraba con unas baratijas. Pero le faltaba lo que mi padre tenía: una mujer que lo quisiera no por ser rico. Mi madre adoraba a mi padre.

–Qué romántico. Es trágico que no pudieran estar más tiempo juntos.

–Sí, pero en cierto modo fue mejor que murieran a la vez. No sé cómo se las hubiera arreglado cada uno para vivir sin el otro.

–¿Es un amor así lo que esperas encontrar?

Rafe volvió a llenar las copas antes de responder.

–Supongo que algún día tendré que sentar la cabeza y engendrar herederos. Procedo de una larga línea de Caffarelli. Se espera que nos casemos y nos reproduzcamos, a ser posible a los treinta y pocos. Se trata de una responsabilidad familiar que no tiene nada que ver con el amor.

No había habido amor en el matrimonio de su abuelo, que había sido concertado por sus padres para aumentar su riqueza y sus propiedades. Y, según habían dicho a Rafe los empleados de la empresa o sus familiares en otro tiempo empleados de la misma, había sido un matrimonio desgraciado desde el primer día.

–¿Y cómo vas a elegir a la esposa adecuada? ¿Vas a mirarle los dientes y a comprobar su linaje? ¿Harás entrevistas para ver si sabe usar la cubertería? ¿Te acostarás con ella de prueba, por así decirlo?

–Espero no hacer nada tan arcaico –afirmó él riéndose.

–Entonces, ¿piensas enamorarte, como se ha hecho siempre?

Era algo que no tenía pensado hacer. No le gustaba vincularse sentimentalmente a la personas. Querer a alguien le daba poder sobre ti. Era perder el control de uno mismo, y si había algo que desagradara a Rafe, era perder el control, especialmente sobre sus emociones. No lo perdía ni cuando tenía relaciones sexuales, porque nunca se entregaba del todo. Por eso, el beso que había dado a Poppy lo había trastornado.

Se había pasado la infancia protegiendo a sus hermanos de los violentos estallidos de su abuelo. Era él quien recibía las agresiones verbales, y también las físicas. El carácter impredecible de su abuelo y sus estallidos emocionales convirtieron su infancia y adolescencia en un infierno.

Las cosas mejoraron cuando sus hermanos y él se marcharon internos a una escuela en Inglaterra. Así, solo en vacaciones tenía que protegerlos.

No, enamorarse no era algo que pensara hacer ni a corto ni a largo plazo.

Morgan llegó para tomar nota de la cena.

–¿Han decidido ya?

–Yo sí –dijo Rafe–. ¿Y tú, *ma chérie*?

Poppy tardó en reaccionar unos segundos ante el cariñoso término.

–Sí, la chuleta de cerdo con hinojo y lima.

–Y yo tomaré el cordero con glaseado de grosella y jugo de vino tinto.

Cuando Morgan se hubo marchado, Poppy se inclinó hacia delante con una ceja enarcada.

–¿*Ma chérie*?

–Significa «cariño mío».

–Sé perfectamente lo que significa, pero ¿por qué me dices eso delante de ella?

–¿No te gusta que te digan «cariño»?

–Sí, pero no que lo haga alguien que no lo dice de verdad.

–Te estoy haciendo un favor. Piensa en lo que le estará diciendo Morgan a tu exnovio en la cocina. Aquí estás, con uno de los solteros más cotizados de Europa. Seguro que eso le va a doler, ¿no crees?

Poppy sonrió de mala gana y él se dio cuenta de que era la primera vez que le sonreía de verdad.

–Tal vez.

–¿Estabas enamorada?

Su sonrisa se esfumó.

–Eso creí entonces.

−¿Y ahora?

Probablemente no.

−Pues tuviste suerte de librarte de él.

−Gracias −dijo ella.

−¿Por qué?

−Por haberme obligado a salir esta noche. Por haber hecho que me enfrente a mis demonios, por así decirlo.

−¿Te refieres a ese que es tan cobarde que no se atreve a salir de la cocina y venir a saludarte? Tal vez debiera pensármelo dos veces antes de pedirle que me prepare las cenas.

−¡No puedes hacer eso!

−¿Por qué no?

−Porque a mí me gustaría preparártelas.

−¿Has cambiado de idea?

−Tiene lógica, puesto que somos vecinos. Además, él emplearía mis recetas, así que prefiero que el mérito sea mío.

−Desde luego.

−Y necesito el dinero.

−Las cosas no van bien, a pesar de lo que le has dicho a Morgan, ¿verdad?

−No se me dan muy bien los negocios. Chloe siempre dice que soy demasiado generosa y que, cuando la gente me dice que no me puede pagar, me lo creo, aunque no sea así.

−¿Por qué tienes un salón de té en vez de un restaurante?

−Desde que tenía diez años quise abrir un salón de té. Mi abuela me había enseñado a cocinar y me encantaba estar en la cocina con ella. Pensé que tenía que sacarme un título, pero la cocina de mi abuela era muy diferente de la de un restaurante del Soho londinense.

—Así que volviste aquí cuando tu abuela enfermó.

—Sí, y nunca me he arrepentido.

Rafe admiró su lealtad y devoción, en agudo contraste con lo que él sentía por su abuelo. Odiaba visitarlo cuando tenía la obligación de hacerlo, como por su cumpleaños o en Navidad, y no hablaba con él a no ser que fuera imprescindible.

—Debes de echarla de menos.

—Sí. ¿Sabes lo que más añoro?

—Dímelo.

—Sus brownies de chocolate.

—¿Cómo?

—Es broma. Te lo has creído, ¿verdad? —dijo ella con una sonrisa pícara.

«Me has cautivado desde que te conocí», pensó él.

Un momento. ¿Qué era lo que estaba pensando? Claro que lo atraía, pero no era su tipo. Pertenecían a mundos totalmente distintos. El de ella era el de un pequeño pueblo perdido en el que se dedicaba a hacer bizcochos y galletas y a preparar tazas de té para ancianos solitarios mientras esperaba la llegada del hombre ideal.

Ella era dulce e inocente; él, desencantado y cínico.

Una combinación destinada al desastre.

—La echo de menos por su sabiduría —prosiguió Poppy—. Me enseñó más sobre la cocina y los alimentos que cualquier escuela de Restauración. La gente no entiende que cocinar no es mezclar varios ingredientes y ya está. Es mucho más que eso.

—¿Qué hace que un plato sea especial?

—El amor con que se prepara.

—¿El amor?

—Los mejores restaurantes son aquellos cuyos cocineros aman la comida que preparan y a la gente para la que la cocinan. Es una relación simbiótica.

–¿Me estás diciendo que quieres a la gente que va al salón de té?

–Tal vez no a todos.

¿Qué debo hacer para ganarme tu cariño? –preguntó él riendo.

–Tú no quieres mi cariño, sino mi casa.

«Quiero mucho más que tu casa», pensó él.

Apartó el pensamiento de su mente mientras Morgan se acercaba con la comida. Tenía que centrarse. Su objetivo era la casa, y no necesitaba nada más. No se quedaría allí más que el tiempo necesario para construir un hotel de lujo que le reportaría un montón de dinero.

Desde luego que sería divertido tener a Poppy en la cama el tiempo que estuviera allí, pero no iba a ofrecerle nada más. Ella buscaba un príncipe azul que la volviera loca y con el que vivir feliz para siempre jamás.

La vida hogareña que ella buscaba no tenía nada que ver con la que él se había construido. A él no le iban las casas con jardín, los perros y los niños. Nunca estaba en el mismo sitio más de una o dos semanas, y las amantes no le duraban más de mes y medio. No se comprometía con nada ni con nadie. Tal vez se pareciera a su abuelo más de lo que creía.

Capítulo 8

DESPUÉS de salir del restaurante, Rafe llevó a Poppy a casa y la acompañó a la puerta. Ella no había pensado que se divertiría saliendo esa noche, pero él había estado encantador, y aunque ella no hubiera elegido el restaurante de Oliver para cenar, al final tenía la sensación de que había cerrado un capítulo de su vida.

Pero le molestaba que Rafe hubiera vuelto a salirse con la suya, ya que había conseguido que ella accediera a prepararle la cena durante su estancia en la finca Dalrymple. Era muy astuto. Sabía cómo darle la vuelta a las cosas en beneficio propio, hallar el punto débil del oponente y atacarlo sin piedad.

Y ella había mordido el anzuelo y debería verlo todas las noches al llevarle la cena.

En el umbral de la puerta, Poppy se volvió a mirarlo.

—¿Tienes alguna preferencia en cuanto a la comida o te conformarás con lo que se me ocurra prepararte?

Él le miró la boca durante unos segundos.

—No te he pedido que salieras conmigo por eso.

—Ah, ¿no?

—No —dijo él con una voz más profunda de lo normal, casi ronca.

Los ojos de Poppy estaban a la altura de los de él, ya que estaba dos escalones más arriba y llevaba unos tacones muy altos. Vio que tenía los labios apretados, como si estuviera librando algún tipo de batalla interna. Percibió la tensión que lo dominaba.

–Entonces, ¿por qué?

–Te he pedido que salgas conmigo para dormir contigo.

Poppy lo miró con los ojos como platos ante su sinceridad.

–No te andas con miramientos, ¿verdad?

–Tu honor está a salvo, Poppy. No voy a hacerte nada esta noche.

–Me tranquiliza mucho saberlo –y le resultaba muy decepcionante, aunque se negara a reconocerlo.

Él le agarró un mechón de cabello y se lo enrolló en el dedo mientras la miraba a los ojos.

–Lo tenía todo planeado. Iba a cenar contigo, a alabarte y decirte cumplidos y, después, a traerte de vuelta y a tener sexo salvaje contigo.

–¿Eso ibas a hacer? –Poppy tragó saliva.

Él se desenrolló el mechón de pelo y se lo colocó detrás de la oreja.

–Eres una buena chica, Poppy. Y yo no me relaciono con buenas chicas.

–¿Y qué te ha hecho cambiar de opinión?

–He tenido muchas amantes, y ni siquiera recuerdo sus nombres.

–Seguro que ellas no han olvidado el tuyo.

Él se encogió de hombros como para indicar que así eran las cosas.

–No soy lo que buscas. Estaría mal darte a entender lo que no es o hacerte creer que cualquier relación entre nosotros puede convertirse en algo permanente.

–Eres sorprendentemente honorable para ser un playboy.

Él le acarició la parte inferior de la barbilla con el índice.

–*Bonsoir, ma petite.*

Poppy respiró hondo mientras lo veía ir hacia el coche. Había esperado que volviera a besarla desde que habían salido del restaurante, en realidad, desde que la había ido a recoger y la había mirado como si acabara de bajar de una pasarela parisina. Quería volver a sentir su boca firme. Se había pasado la noche mirándosela y preguntándose cuándo la besaría. Tal vez hubiera debido tomar la iniciativa. ¿Qué mal habría habido en darle un rápido beso en los labios para agradecerle la velada?

Pero no hubiera sido un beso rápido.

Cuando sus bocas se juntaran, se produciría otra explosión y pudiera suceder que uno de ellos no pudiera dar marcha atrás. Ella había sentido esa ardiente tensión desde el momento en que él había entrado en el salón. Nunca había experimentado nada igual. Llevaba años esperando al hombre ideal que le despertara los sentidos, que le hiciera latir el corazón de manera desbocada, que consiguiera que sintiera cosquillas en la piel de deseo y que la hiciera arder de una pasión que la consumiera. ¿No le había demostrado su beso apasionado lo que Rafe era capaz de hacer?

Conocía el funcionamiento de su cuerpo. Lo había explorado y se había quedado fascinada ante la forma en que reaccionaba a la estimulación. Pero le parecía que el sexo era como las visitas turísticas: era más placentero ver las vistas con otra persona que sola.

Rafe le había dicho que no iba a hacer nada con respecto al deseo que sentía por ella. ¿Se había referido a esa noche o a que nunca iba a hacerlo? ¿Haría caso omiso de la atracción que había entre ellos? Tal vez tuviera la fuerza de voluntad necesaria para hacerlo, pero Poppy no estaba segura de poder imitarlo. Al menos, durante mucho más tiempo.

Chloe estaba muerta de curiosidad cuando irrumpió en el salón de té a la mañana siguiente.

–¿Has visto el periódico? –tendió un tabloide a Poppy–. Todos dicen que eres la nueva amante de Rafe. A eso se le llama ir deprisa. Creí que ni siquiera te caía bien. ¿Qué pasó anoche? ¿Te acostaste con él?

–Claro que no –contestó ella quitándole el periódico de las manos–. Ni siquiera lo besé. Lo único que hicimos fue cenar.

Miró el periódico. Había una foto de ambos sentados a la mesa. Rafe le cubría la mano con la suya y se miraban a los ojos.

–¿Y bien?

Poppy cerró el periódico y se lo devolvió.

–Nada.

–¿Nada?

–Nada en absoluto.

–¿Ni siquiera un beso?

–No.

–¿Es que os peleasteis?

–No. De hecho he accedido a llevarle la cena cada noche.

–Vaya. Supongo que estuvo encantador contigo, ya que estabas dispuesta a dejarlo morir de hambre.

–Sí, pero o lo hacía yo o se lo pedía a Oliver –dijo Poppy mientras se ataba el delantal–. ¿Sabes que Oliver tiene en el menú mi crema de fruta de la pasión?

–¿La pidió Rafe?

–No, no es goloso.

–La gente puede cambiar de gustos.

–Ya veremos –observó Poppy sonriendo levemente de camino a la cocina.

Rafe echó una ojeada a los planos preliminares que había dibujado, pero había algo que no encajaba y no sabía lo que era.

Sonó el timbre de la puerta, y se levantó. Había perdido la noción del tiempo por llevar horas sin hallar la solución. Fue a abrir.

–Te traigo la cena –Poppy estaba en el umbral con los tres perros y una bandeja en las manos de la que salía un olor muy agradable.

–Huele de maravilla, pero me parece que hay comida suficiente para un equipo de fútbol.

–No sé cuánto sueles comer.

–¿Por qué no cenas conmigo? –Rafe abrió más la puerta con el hombro mientras agarraba la bandeja–. Me harías un favor. Llevo un día frustrante e improductivo. Me gustaría estar acompañado.

–No quiero molestarte. Además, los perros están conmigo.

Rafe dejó la bandeja en la mesa del vestíbulo mientras Chutney corría a saludarlo, seguido de Relish, pero Pickles lo miró con recelo.

–Son bienvenidos –dijo él mientras los acariciaba. Cerró la puerta y miró a Poppy a los ojos–. Supongo que habrás visto el periódico.

Ella se mordió el labio inferior. Rafe sintió un latigazo de deseo en la entrepierna. Su boca era tan carnosa, tan dulce... Soñaba con esos labios. No se podía dormir pensando en cuánto le gustaría volver a sentirlos en los suyos.

–Sí. ¿No podemos hacer que se retracten?

Él tomó la bandeja y la llevó a la cocina.

–Es inútil, porque se inventarán otra cosa. La mayoría de las veces hago caso omiso de lo que publican.

–Pero no quiero que la gente crea que estoy... acostándome contigo cuando no es verdad.

–Qué ironía –dijo él sonriendo.

–Sí –afirmó ella con ojos risueños.

Rafe pensó que no sabía lo que iba a hacer para poder resistirse a su encanto.

–¿Dónde quieres que cenemos? Lord Dalrymple solía hacerlo en el cuarto de estar, pero podemos hacerlo en la cocina o en el comedor.

–Probablemente te sorprenda, pero no recuerdo cuándo fue la última vez que comí en la cocina. Mi abuelo no quería que mis hermanos y yo confraternizáramos con los empleados domésticos, al menos no en la cocina.

–No me parece una persona muy agradable –observó ella mientras comenzaba a poner la mesa.

–¿Quieres beber algo? Hay vino tinto y blanco.

–¿Tienes limonada? –preguntó ella mientras ponía las servilletas.

–Tengo agua mineral.

–Estupendo.

Rafe se preguntó si no quería tomar alcohol para mantener la cabeza despejada y pensó que debería seguir su ejemplo, ya que bastante le estaba costando ya no tocarla. Poppy llevaba una falda de algodón que realzaba su estrecha cintura, un jersey que hacía lo propio con sus senos y mocasines. Iba muy poco maquillada.

Rafe se debatía en un dilema. ¿Sería correcto seducirla sabiendo que no era el hombre que podía darle lo que buscaba?

Una guerra se había desatado en su interior entre el deseo y la conciencia. Se le aceleró el pulso por el deseo de acariciar a Poppy, y verla moverse por la cocina lo incrementó aún más.

Rafe sirvió agua para ella y media copa de vino tinto para él.

–¿Qué me has preparado?

–Un primero ligero –puso frente a él un plato de ensalada de pera, nueces y queso azul–. Es una agradable mezcla de sabores y no es pesado.

–Está deliciosa –afirmó él tras probarla. Pero más cautivador le resultó ver a Poppy llevándose un trozo de pera a la boca. Apartó la mirada y tomó un trago de vino para tratar de controlarse.

–¿Cómo se hizo rica tu familia? –preguntó ella al cabo de un corto silencio.

–Mis bisabuelos por parte de padre tenían muchas propiedades: granjas, chalés, hoteles, tiendas... Compraban barato y vendían caro. Mis hermanos y yo hacemos lo mismo.

–¿Te gusta lo que haces?

Hasta ese día tan frustrante, Rafe hubiera contestado afirmativamente, pero llevaba horas cuestionándose sus planes para la finca, e incluso sus planes vitales.

–Como toda profesión, tiene aspectos positivos y negativos. Me encanta hallar una propiedad venida a menos e ir siguiendo los pasos hasta convertirla en un hotel de lujo. Pero los problemas con los ayuntamientos son una pesadez.

–Por no hablar de los vecinos difíciles.

–He estado a punto de despedir a mi administrador por tu culpa –afirmó él sonriéndole con ironía.

–¿En serio? –preguntó ella, horrorizada.

–Vi la finca con las dos casas en Internet y me gustaron. James pensó que sería una buena inversión, y yo estuve de acuerdo. Tenía mucho terreno y la casa de campo necesitaba una inyección económica que le devolviera su antigua gloria. Pero un obstáculo inesperado se interpuso en mi camino.

Poppy se sonrojó levemente, se pasó la lengua por los labios y apartó la mirada.

–Yo.

Rafe sonrió. De todos los enemigos a los que se había enfrentado en la vida, Poppy era el más delicioso.

El más deseable.

–Creo que estás cometiendo un error con la casa de campo. No está hecha para ser la mansión de un playboy.

–¿Por qué crees que es eso lo que pienso hacer con ella?

–De tu vida y de la de tus hermanos entran y salen sin parar mujeres glamurosas. ¿Tienen un número, como en el que se da en algunas tiendas, para saber a quién le toca calentaros las sábanas?

Rafe pensó que lo que decía la prensa de ellos era verdad solo en parte, ya que, generalmente, sus hermanos y él se dedicaban a trabajar en habitaciones de hotel tratando de cumplir plazos de entrega imposibles y de complacer a personas imposibles de complacer, principalmente a su abuelo.

Raoul lo compensaba viviendo al límite, buscando retos físicos ante los que un hombre normal se atemorizaría. Parecía no tener miedo, y hielo en las venas en vez de sangre. No solo miraba de frente a la suerte, sino que se burlaba de ella.

Remy corría riesgos más cerebrales que físicos, pero no menos aterradores. Rafe temía que un día el destino le saliera al encuentro.

Él se dedicaba a trabajar con la misma pasión, pero en los últimos tiempos se sentía cada vez más inquieto. Quería más, sin saber el qué. Tenía dinero, más del que habían tenido su padre o su abuelo. Su imperio industrial se contaba entre los mayores de Europa. Podría vivir el resto de la vida sin trabajar. Pero ¿le bastaba? ¿Qué herencia dejaría?

¿A quién le legaría su riqueza?

No dejaba de pensar en lord Dalrymple en su mansión, con la única compañía del ama de llaves y su nieta, mientras sus familiares esperaban al acecho para obtener lo que pudieran cuando muriera.

¿Lo habían visitado alguna vez? ¿Lo habían consolado tras la muerte de su esposa?

—No pienso vivir aquí. Cuando se haya remodelado la casa, nombraré a un gerente y yo vendré un par de veces año. Tengo que supervisar otros proyectos.

—Así que esta casa solo será un agujero más en tu cinturón financiero —dijo ella con expresión de desaprobación mientras le retiraba el plato.

—Deja que te ayude —Rafe se levantó y, al volverse, se encontró muy cerca de ella.

Poppy dio un paso vacilante hacia atrás y él, instintivamente, la agarró por la muñeca para que no tropezase. Del contacto saltaron chispas.

Se miraron a los ojos. Él aspiró su perfume y le pareció una poción exótica que lo inflamó de deseo. La soltó, pero, al hacerlo, los dedos de ella le acariciaron la palma de la mano. Y el deseo estalló en su interior con enorme intensidad.

Rafe le acarició la melena deleitándose al sentir sus

rizos en la piel, como si fueran flores de jazmín que lo acariciaran y embriagaran.

Le daría un beso, uno solo.

Únicamente para ver si era como lo recordaba, pues tal vez se había imaginado la descarga eléctrica que le recorrió la columna vertebral cuando sus labios se unieron. Tal vez su boca fuera como la de cualquier otra mujer.

Acercó la boca a la de ella sin apresurarse, dejando que sus alientos se mezclaran.

—¿Qué haces? —preguntó ella con voz ronca.

Su aliento era cálido y dulce y acarició los labios de él como una brisa primaveral.

—¿Tú qué crees? —y antes de que ella respondiera, o la parte sensata y controlada de él lo hiciera cambiar de opinión, Rafe la besó.

Capítulo 9

SI POPPY pensaba que el beso anterior había sido eléctrico, el de aquel momento superó toda medida. Nunca había experimentado una explosión de energía primaria masculina como aquella, que le afectó a algo profundo y esencial como mujer. Su carne cantó de alegría mientra la boca de él la exploraba en detalle y su lengua iba en busca de la de ella.

Ella probó su deseo caliente y apasionado. Y sintió que la acariciaba como un caballero, pero que podía dejar de serlo en cualquier momento. Ese elemento de peligro la cautivó.

La boca masculina la embelesó con su poderosa lengua subiendo y bajando. Poppy tembló al devolverle el beso, y su lengua retó en duelo a la de él persiguiéndose mutuamente a toda velocidad.

La boca de él estaba caliente y era firme y resuelta, y ella se aferró a él mientras lo besaba con la misma pasión.

Él lanzó un gruñido de placer y le agarró las nalgas atrayéndola hacia sí. Poppy se pegó a él sin ningún pudor y arqueó el cuerpo ante el placer que el cuerpo masculino le prometía. Gimió mientras le rodeaba el cuello con las manos para estrechar más el abrazo.

Durante unos instantes creyó que él iba a acariciarle los senos. De hecho, él subió las manos por su cuerpo, pero, de repente, dejó de besarla y se separó de ella unos pasos.

Se pasó la mano por el pelo y lanzó un juramento.

—Perdona, he perdido la cabeza —afirmó jadeando.

—¿Y eso es malo?

—Nunca pierdo la cabeza —replicó él sonriendo.

—Pues ya va siendo hora de que lo hagas.

Él se metió las manos en los bolsillos y se separó aún más de ella al tiempo que le daba la espalda.

—Esto no va a funcionar, Poppy, y lo sabes. Fue un error besarte la primera vez.

—No te pido que te cases conmigo —le espetó ella, enfadada.

—No eres mi tipo —dijo él volviéndose a mirarla—. ¿Te lo tengo que decir más claramente?

Ella comenzó a sentirse insegura y pensó:

«No eres atractiva. Da asco besarte. Por eso, Oliver y los demás se buscaron a otra chica en cuanto pudieron».

—Voy a servirte el resto de la cena.

—Déjalo.

—No tardaré nada. Y no voy a quedarme, si es eso lo que...

—No tengo hambre.

—¿Crees que tendrás mañana por la noche?

Él apartó la mirada.

—De ahora en adelante, ya me las arreglaré para las cenas.

—Muy bien. Voy a por los perros y me marcho.

—¿Qué tal la cena de ayer? —preguntó Chloe a Poppy a la mañana siguiente—. ¿Le gustó a Rafe?

Poppy evitó mirarla mientras iba preparando cosas

para abrir el salón. Había tratado de disimular la irritación que tenía en la piel de la barbilla, con escasos resultados. Parecía que se había estado frotando con un estropajo de aluminio.

–Hay algo defectuoso en el paladar de ese hombre.

–Pero no le preparaste nada dulce, ¿verdad?

–Claro que no –¿había sido su boca lo bastante dulce para él?–. Es uno de esos clientes difíciles que tenemos de vez en cuando.

–¿Qué te ha pasado en la cara?

–Nada. Tengo un poco de alergia. Es probable que me haya acercado demasiado a la madreselva.

–¿Y desde cuándo eres alérgica a la madreselva? –Chloe se le acercó y le examinó la barbilla–. ¡La tienes irritada por una barba masculina!

–No –dijo Poppy apartando la cabeza.

–Claro que sí –afirmó Chloe sonriendo–. Te besó, ¿verdad?

–Preferiría no hablar de ello.

–¿Quiso acostarse contigo?

–No. Me dijo que besarme había sido un error.

–¿Un error?

–Que no soy su tipo. No es que pretenda serlo, pero hay formas de rechazar a una mujer sin que su autoestima se resienta.

–A ver si lo he entendido: ¿querías acostarte con él y te rechazó?

–No he dicho que quisiera acostarme con él exactamente...

–Pero estuviste tentada.

–Un poco.

Chloe enarcó las cejas.

–Bueno, mucho.

–Espero que bese bien.

–Muy bien –afirmó Poppy recordando la boca de Rafe en la suya.

–Y, desde luego, eres una experta en el asunto, ya que has besado... ¿a cuántos hombres?

–A seis. No, a siete. Me olvidaba de Hugh Lindley en la guardería, aunque supongo que un beso en la mejilla no cuenta.

–¿A tantos?

–Ya lo sé –dijo Poppy suspirando–. Tengo que ponerme al día.

–Tal vez Rafe Caffarelli no sea el mejor para que empieces a hacerlo. Puede hacerte mucho daño.

–No pienso volver a acercarme a él. Ya ha dejado clara su postura, y no necesito que me lo vuelva a repetir.

Dos días después, el estruendo de un trueno despertó a Rafe en plena noche. El viento aullaba entre las vigas haciendo crujir la casa.

Se levantó a cerrar la ventana que el vendaval había aflojado. En ese momento, un relámpago rasgó el cielo e iluminó la casa pequeña en la distancia. A Rafe se le encogió el estómago al ver que una rama del viejo olmo se había desprendido y había caído sobre el tejado.

Se vistió a toda prisa, se puso un chubasquero y agarró una linterna. Llamó a Poppy por el móvil, pero no obtuvo respuesta. Agarró las llaves y salió corriendo hacia el coche al tiempo que llamaba a los servicios de emergencias.

El viento estuvo a punto de derribarlo. Avanzó con dificultad bajo la lluvia mientras se imaginaba a Poppy debajo de una viga. ¿Dónde estaba su dormitorio? Trató de recordar el plano de la casa. Había tres dormitorios, todos en el primer piso. ¿Se hallaría situado el principal donde estaba el olmo?

Al llegar, golpeó la puerta.

–¿Poppy? ¿Estás ahí? ¿Estás bien? –al no haber electricidad, solo lo iluminaba la luz de la linterna, cuyas pilas, desgraciadamente, estaban casi gastadas–. ¿Me oyes, Poppy?

Oyó a los perros en el interior, lo cual lo animó un poco.

–¿Poppy? –gritó con toda la fuerza de sus pulmones.

–Estoy aquí arriba.

Rafe miró hacia arriba, enfocó la linterna y vio el rostro pálido de Poppy asomando por el agujero del tejado. Experimentó un alivio tal que, durante unos segundos, fue incapaz de moverse.

–Voy a subir –gritó–. Aléjate de las vigas y no toques ningún cable ni enchufe.

Agarró una piedra y rompió el cristal de la ventana que había al lado de la puerta. Metió la mano por el hueco y la abrió. Subió las escaleras. Parecía que la rama había caído sobre el tejado sin causar más daños.

Los tres perros, incluso Pickles, se le acercaron corriendo, aterrorizados. Rafe los metió en el dormitorio que había al otro extremo de la casa y cerró la puerta.

Poppy estaba pegada a la pared de la ventana, al lado de la viga que casi había partido en dos la cama. Hubiera podido matarla. Parecía pequeña y asustada. Estaba muy pálida y tenía los ojos muy abiertos.

–¿Estás bien?

–Sí... Estoy bien, creo.

–No te muevas hasta que compruebe que no hay peligro –dijo él mientras enfocaba la linterna alrededor de la habitación.

–Tengo miedo.

–Ya lo sé, pero voy a sacarte de aquí.

–¿Los perros están bien?

–Sí. Los he encerrado en otro dormitorio.

Cuando vio que no había peligro, Rafe se subió a la viga caída y agarró las frías manos de Poppy. La atrajo hacia sí y la abrazó. Ella se puso a temblar.

–Tranquila. Ya estás a salvo.

–Me había levantado a cerrar la ventana. Si no, estaría donde está la viga.

–No pienses en ello –dijo él mientras le acariciaba la espalda para calmarla–. He llamado a los servicios de emergencia. Llegarán enseguida.

Se oyó el sonido de un coche de bomberos y de una ambulancia por encima del aullido del viento. Rafe se quedó con Poppy hasta que entraron los bomberos y los pusieron a salvo, al igual que a los perros.

Una vez fuera de la casa, Rafe le echó a Poppy el chubasquero sobre los hombros. Tiritaba de forma incontrolable, pero Rafe pensó que era del susto, no de frío.

–Tendrá que pasar la noche en otro sitio –dijo uno de los bomberos–. El tejado no parece seguro. Una ráfaga de viento puede hacer que se desplome del todo.

–La llevaré a mi casa –propuso Rafe.

«¿Qué has dicho? ¿Has perdido el juicio?», pensó. Era demasiado tarde para retirarlo. Poppy lo miró con el ceño fruncido.

–Puedo ir a casa de Chloe y de su madre. Voy a llamarla... No puedo –dijo compungida–. El teléfono está al lado de la cama.

–Son las dos de la mañana. Ya buscarás un alojamiento más permanente después. Ahora lo que necesitas es tomar algo caliente y una buena cama.

La condujo hasta el coche, la ayudó a sentarse y

metió los perros en la parte de atrás. Después se sentó al volante.

«¿Qué vas a hacer?», se dijo. «Llévala a un hotel».

Pero acalló la voz interior que lo recriminaba, arrancó y miró a Poppy.

—¿Estás bien?

—Creo que el móvil ha quedado aplastado por la rama.

Él le apretó la mano con delicadeza.

—Un móvil se sustituye con facilidad, y no es caro.

—Gracias por rescatarme a mí y a los perros —dijo ella sonriendo levemente.

Él volvió a apretarle la mano.

—No hay de qué.

Poppy seguía llevando el chubasquero de Rafe al sentarse a la mesa de la cocina con una taza de chocolate caliente entre las manos. En la casa no había té. Los perros se habían aposentado en el lavadero, sobre un montón de mantas.

—¿Quieres otra taza? —preguntó Rafe al volver de dar agua a los animales.

—No, gracias. Casi he recuperado mi estado normal.

—¿Qué tienes en la barbilla?

—Nada. Es una reacción alérgica...

Él le agarró la barbilla con el pulgar y el índice y se la acarició con el primero con mucha suavidad. Ella se conmovió.

—Tengo arriba una pomada para que te la des.

Ella, para ocultar su reacción, le espetó:

—Supongo que tendrás un contenedor industrial al lado de la cama, además de una enorme caja de preservativos.

–Solo tengo tres, y están en mi cartera –afirmó él sonriendo con ironía.

–Me sorprendes. Creía que los habrías distribuido por toda la casa.

Él apartó la mano de su cara y se puso serio.

–Lo que se lee en la prensa sobre mí y mis hermanos no siempre es verdad. No nos pasamos el día de juerga.

–¿No has oído decir que no hay humo sin fuego?

–Sí, y también que quien juega con fuego se acaba quemando. ¿Tengo que recordártelo?

–¿De verdad crees que me hubiera acostado contigo la otra noche? –preguntó ella mirándolo con expresión helada.

–No me cabe ninguna duda.

Su arrogancia la exasperó.

–Quería volver a besarte, lo reconozco, pero solo estaba dispuesta a llegar hasta ahí. Me imagino que supones que toda mujer a la que besas está dispuesta a que la poseas. Soy la excepción que confirma la regla.

–Eso se puede comprobar fácilmente.

Poppy no sabía si la estaba dejando en evidencia o no. En cualquier caso, deseó no haber alardeado de una seguridad en sí misma que no tenía. Él la había besado dos veces y ella casi se había derretido en sus brazos. ¿Qué pasaría si lo hacía una tercera vez?

¿Se enamoraría de él?

–Quiero ir a acostarme –dijo levantándose. Lo miró con intención–. Sola.

–Muy inteligente de tu parte –afirmó él sonriendo.

Poppy se estremeció al recordar su boca contra la de ella, su cuerpo contra el suyo. Rafe era la encarnación de la tentación y el pecado. Ella estaba jugando con fuego porque carecía de las armas y las defensas para enfrentarse a alguien como él.

—Buenas noches.

—Buenas noches, *ma petite* —respondió él mirándola de tal forma que ella sintió un escalofrío—. Que tengas dulces sueños.

Capítulo 10

POPPY no esperaba pegar ojo con el viento aún
aullando, pero el ruido de la lluvia sobre el tejado,
unido a la comodidad de la cama y al chocolate
caliente que se había tomado, fue un potente somnífero
que la hizo caer rendida en cuanto apoyó la cabeza en la
almohada. Se despertó cuando el sol ya brillaba. Se estiró y miró el reloj que había en la mesilla.

¡Las diez de la mañana!

Se levantó a toda prisa y se vistió. No tenía tiempo
de ducharse. Bajó corriendo las escaleras y se encontró con Rafe que entraba a la casa con los perros, que
parecían que acababan de correr el maratón.

Rafe irradiaba salud y buena forma física, vestido
con unos pantalones y una camisa blanca, con el pelo
peinado hacia atrás y recién afeitado. Ella tenía cara
de sueño y ni siquiera se había peinado.

–Buenos días –dijo él con irritante alegría–. ¿Has
dormido bien?

–¿Por qué no me has despertado? Hace dos horas
que tenía que estar trabajando.

–He ido al salón y le he explicado a Chloe lo sucedido. Me ha dicho que te lo tomes con calma, que se
las arreglará sola.

–Tengo que ir a casa a ducharme y a cambiarme de
ropa. Y tengo que llamar para que vengan a reparar el
tejado.

–Ya está todo arreglado.

–¿A qué te refieres?

–He llamado a un experto en la reparación de tejados y me ha dicho que vendrá a comienzos de la semana que viene.

–¿De la semana que viene? ¿Por qué no esta? ¿Por qué no hoy?

–Tu tejado no ha sido el único en sufrir daños debido a la tormenta. Tendrás que tener paciencia. Al menos tienes un sitio donde alojarte.

–No puedo quedarme aquí. ¿Qué va a decir la gente?

–Dirán que soy un vecino caritativo al ofrecerte una cama todo el tiempo que la necesites.

–Sabes de sobra lo que la gente pensará, que es tu cama la que me ofreces.

–Te preocupas demasiado por lo que piensan los demás –afirmó él con una sonrisa encantadora.

–Buscaré un hotel.

–¿Con los tres perros?

–Podrías cuidar de ellos durante unos días hasta que...

–No

–¿Por qué no? Te siguen como si fueran tus discípulos.

–No quiero tener la responsabilidad de cuidarlos. A veces tengo que salir de viaje inesperadamente. No me importa que estén aquí contigo, pero esto no es una perrera. ¿Y si la reparación del tejado tarda más de lo previsto?

Poppy comprendía su punto de vista. Pero ¿cuánto tardarían en el pueblo en empezar a comentar que estaba viviendo bajo el mismo techo que Rafe Caffarelli?

–¿Cuánto ha dicho que tardaría el hombre con quien has hablado?

–Una semana, más o menos.

Eso significaba que tendría que quedarse allí dos, a no ser que hallara una alternativa.

–Si no encuentro otro sitio, ¿te importa que utilice la cocina mientras estoy aquí? Muchas de las cosas del salón las preparo en casa.

–Desde luego que no. Yo no la uso.

–Me has dicho que te las arreglarías tú solo con las cenas...

–No tienes que cocinar para mí. De todos modos, no voy a quedarme mucho más tiempo. Tengo que supervisar otros proyectos.

Poppy se preguntó si no serían femeninos. Desechó la desilusión que sentía, ya que él no era el hombre de sus sueños ni nada parecido. Ni siquiera le había caído bien hasta la noche anterior, en que se había puesto en peligro para rescatarla. Y cuando él la abrazó y consoló, se sintió a salvo y protegida en sus brazos.

Se reprochó por albergar semejantes pensamientos. Aunque accediera a tener una aventura con él, no duraría más de un par de semanas. Rafe le había dejado muy claro que no era su tipo. Si se acostaba con ella, sería por la novedad, y lo más probable era que después se burlara de ella con sus hermanos o amigos: cómo había conocido a una chica de pueblo que nunca había tenido relaciones sexuales.

Pero ¿por qué no era su tipo?

Le dolía que la descartara con tanta facilidad. ¿No era una mujer? Era evidente que no la iba a contratar una agencia de modelos, pero hasta el momento no había roto ningún espejo al mirarse en él.

–¿Cuánto vas a cobrarme por el alojamiento y los gastos?

–No quiero tu dinero, Poppy.

«¿Qué es lo que quieres?», se preguntó ella.

Rafe sacó una llave de su llavero y se la entregó.

—Tengo una reunión en Londres esta tarde. Puede que no vuelva hasta mañana o pasado mañana. Estás en tu casa.

Poppy tomó la llave.

—¡Eh, chicos! —gritó a los perros que ya se iban detrás de Rafe—. ¿Os acordáis de mí, vuestra dueña, la que os quiere y os da de comer?

Los perros fueron hacia ella mirándola avergonzados y moviendo la cola.

—Traidores —murmuró Poppy mientras se agachaba para acariciarlos.

—Me encantaría que os quedarais los perros y tú, pero mi madre es alérgica a los perros —dijo Chloe a Poppy, una hora más tarde en el salón—. De todos modos, ¿por qué te niegas a alojarte en la casa de campo? Al fin y al cabo, viviste allí muchos años con tu abuela.

—Ahora es distinto.

—Sí, porque vives con el soltero más codiciado del mundo —afirmó Chloe con un brillo malicioso en los ojos.

—No es lo que crees. De todas formas, no se va a quedar mucho más tiempo. Se marcha a Londres esta tarde. Tiene cosas mejores que hacer.

—¿Estás segura? Salta a la vista que hay algo entre vosotros.

—No hay nada entre nosotros. Ni siquiera me cae bien. Es demasiado arrogante.

—Es seguridad en sí mismo, no arrogancia. Sabe lo que quiere y va a por ello. Y creo que no es solo la casa pequeña lo que tiene en su lista de adquisiciones. Me parece que tú la encabezas.

–No creo. Ya te he dicho que no soy su tipo.

–Sí, no haces más que repetirlo, pero lo he estado observando esta mañana, cuando ha venido a verme, y estaba muy preocupado por lo que te había pasado anoche. Se lo vi en los ojos. Creo que está a punto de enamorarse de ti, pero aún no se ha dado cuenta. Tal vez por eso vuelva a Londres, para aclararse.

Poppy se rio con desdén.

–Los hombres como él no se enamoran. Desean a una mujer, la poseen y se olvidan de ella.

–Puede que sea una romántica, pero me parece que eres exactamente la clase de mujer de la que se enamoraría un playboy como él. No ha visto a nadie más desde que te conoció, lo cual es todo un récord, ya que suele cambiar de amante cada semana.

–Seguro que, mañana, los periódicos dirán otra cosa. Probablemente pasará dos noches locas con alguna modelo y no se acordará de mí.

A las seis de la tarde, Rafe dio por concluida la reunión de la junta directiva, pero Raoul, su hermano mediano, se quedó para hablar con él cuando los demás se hubieron marchado.

–Remy no ha venido, para variar.

–Lo voy a matar –gruñó Rafe–. Podía habernos mandado un SMS o un correo electrónico. ¿Dónde está?

–Creo que en Las Vegas.

–Esperemos que esté con una corista y no jugándose el dinero.

–No sería la primera vez. No sé cómo consigue que sus ganancias superen sus pérdidas.

–Un día acabará perdiendo.

–Ya sabes que la palabra «perder» no existe en nuestro diccionario. Nos lo inculcaste desde niños. El lema de los Caffarelli: «Fijarse un objetivo, centrarse en él, conseguirlo».

–Me preocupa Remy –afirmó Rafe.

–Te preocupas demasiado por nosotros dos. Eres nuestro hermano, no nuestro padre. Relájate un poco. Hoy estás muy tenso. ¿Qué ha pasado con esa casita que querías comprar en Oxford? ¿Has convencido a la dueña de que te la venda?

Rafe recogió sus papeles. No quería hablar de su vida privada, ni siquiera con su hermano. Llevaba un par de horas en Londres y lo único que quería era volver a la finca, aunque se negaba a reconocer que era porque Poppy estaba allí.

–Estoy en ello.

–Hace unos días vi tu foto con ella en el periódico. No es tu tipo habitual, ¿verdad?

–En absoluto –dijo Rafe cerrando su portafolios.

–¿Te has acostado ya con ella?

–¿Qué pregunta es esa? –respondió Rafe con el ceño fruncido.

–Vale, no he dicho nada.

Rafe agarró el portafolios. Normalmente no tenía problemas en bromear con sus hermanos sobre su última conquista, pero no le parecía bien hablar así de Poppy.

–No me he acostado con ella.

–¿Estás perdiendo facultades?

–Y tú, ¿con quién te acuestas? –preguntó Rafe para cambiar de tema–. ¿Sigues con esa rubia de piernas interminables?

Raoul sonrió y dio una palmada a Rafe en el brazo.

–¿Nos tomamos una cerveza?

–Hoy no tengo tiempo. Tengo que echar una ojeada a algunos documentos cuando llegue a casa.

–¿En casa es donde está tu corazón? –bromeó Raoul.

–Eres idiota –dijo Rafe intentando darle con el puño. Raoul lo esquivó.

–Siempre he dicho que serás el primero.

–¿En qué?

–En casarte.

–No voy a casarme.

–Eres el mayor, por lo que es lógico que seas el primero en formar una familia.

–¿Y por qué iba a querer hacerlo? Estoy bien como estoy. Me gusta la vida que llevo; es estupenda. Tengo total libertad y no debo dar explicaciones a nadie. ¿Qué más podría desear?

–No lo sé. Últimamente he estado pensando en papá y mamá. Fueron muy felices.

–Cuando pensamos en el pasado, tendemos a verlo todo de color rosa. Solo tenías ocho años. Recuerdas lo que quieres recordar.

–Tenía mueve. Mi cumpleaños fue el día del funeral, ¿te acuerdas?

¿Cómo iba a haberlo olvidado? Había visto a su hermano luchando por contenerse mientras los féretros de sus padres salían de la catedral. Remy lloraba y Rafe le pasó el brazo por el hombro, pero Raoul aguantó estoicamente a su lado sin derramar una lágrima.

–Me acuerdo.

–¿No crees que eran felices?

–Lo eran, pero ¿qué sabemos de cómo habrían sido unos años después? ¿Y por qué estamos hablando de esto?

—Por nada —Raoul sonrió un poco forzadamente.

—Venga —dijo Rafe dejando el portafolios—. ¿Qué bicho te ha picado?

—No lo sé. He estado pensando... No quiero acabar como el abuelo, que tiene que pagar para estar acompañado.

—¿Lo has visto recientemente?

—He pasado el fin de semana allí.

—¿Y?

Raoul se encogió de hombros.

—Es muy triste.

Rafe lo sabía porque había estado pensando en lo mismo. Su abuelo pasaba la mayor parte del tiempo solo, con un grupo de empleados contratados para cuidar de la mansión y atender a sus necesidades. Su vida era estéril, sin amor ni alegría, sin contacto social ni cariño ni relación con los demás. Obtenía aquello por lo que pagaba: un servicio obediente y servil.

—Él se lo ha buscado. Ha apartado de su lado a todos los que se preocupaban por él. Ahora tiene que conformarse con los que lo hacen solo por dinero.

—¿Te has preguntado alguna vez por el sentido de la vida? ¿Para qué todo esto?

Rafe se ocultó tras su fachada humorística.

—Por supuesto. La vida es hacer dinero y hacer el amor. Y es lo que mejor se nos da a los Caffarelli.

—Ganamos dinero y tenemos sexo, Rafe. El amor no tiene nada que ver.

—¿Y qué?

—Cuando una mujer está contigo, ¿no te preguntas si lo está por ti por tu cuenta bancaria?

Rafe sintió un escalofrío en la nuca por lo familiares que le resultaban esas palabras. ¿No le había hecho Poppy la misma pregunta el día que se conocieron?

–Pero, hombre, ¿qué te pasa? La última vez que hablamos te dedicabas a divertirte como siempre. ¿Qué ha cambiado?

–Nada, pero he estado pensando en Clarissa, la chica con la que estoy saliendo.

–¿No irás en serio con ella? –Rafe lo miró incrédulo–. Reconozco que es atractiva, pero puedes aspirar a más.

–Pero resolvería el problema de las cazafortunas. Clarissa no se casaría conmigo por mi dinero, ya que su padre tiene mucho y ella es su única heredera.

Rafe volvió a agarrar el portafolios.

–Vamos a tomarnos esa cerveza. Después tendré que marcharme.

Capítulo 11

POPPY estaba en el más pequeño de los dos salones llorando a mares ante los títulos de crédito de una de sus películas románticas preferidas. En ese momento, entró Rafe.

–¿Qué te pasa? ¿Por qué lloras?

Poppy se levantó de un salto del sofá con una expresión de culpabilidad. Se metió el pañuelo de papel en la manga del pijama rosa y deseó no tener los ojos y la nariz rojos y estar mejor peinada.

–Por una película. Siempre lloro al verla, aunque lo he hecho un millón de veces.

Él se inclinó y agarró la funda del DVD.

–*Un asunto que recordar* –leyó–. Creo que no la he visto. ¿De qué trata?

–De un playboy rico y mimado que conoce a una chica en un crucero... –Poppy se sonrojó–. Da igual, no te gustaría. Se filmó hace décadas. Supongo que solo te gustan las películas de persecuciones de coches y acción.

Rafe dejó el portafolios. Su expresión era inescrutable.

–No creí que estuvieras levantada. Es casi la una de la madrugada.

–He tenido que preparar unos postres para una clienta que da una cena mañana.

–Supongo que eso te proporciona un buen dinero extra.

Poppy guardó el DVD en la funda.

–No pensé que fueras a volver esta noche. Creí que aprovecharías para disfrutar de la noche londinense.

–Después de la reunión me he tomado una cerveza con Raoul, mi hermano mediano.

–¿Así que no has tenido una cita? Debes de estar perdiendo facultades.

–Es lo que me ha dicho mi hermano.

Se produjo un silencio.

–¿Cobras a quien te encarga que le prepares algo de comer?

–Siempre digo que lo voy a hacer, pero...

–Pero llevas un negocio. Tu objetivo es obtener beneficios, por lo que deberías centrarte en eso, no en ser amiga de todos.

–Ya lo sé. Me lo han dicho cientos de veces

–¿Quieres que te ayude? Puedo echar una ojeada a tus libros de contabilidad y ver por dónde se te escapa el dinero, así no tendrás que quitarle horas al sueño ni perder amigos.

–¿Lo harías? –preguntó ella mirándolo agradecida.

–Con mucho gusto –afirmó él sonriendo.

Se produjo otro corto silencio.

–Se me hace raro estar aquí esta noche.

–¿Por qué?

–Porque pasé buena parte de mi infancia aquí, en esta habitación. Lord Dalrymple nos dejaba utilizarla a mi abuela y a mí alegando que la televisión se veía mejor aquí que en nuestra casa. Pero creo que le gustaba saber que estábamos con él, aquí. Es la primera vez que he vuelto desde que murió mi abuela.

Él se le acercó y le puso las manos sobre los hombros.

–Tenía que haberme dado cuenta de que te sería difícil volver. Debería haber pospuesto la reunión y haberme quedado contigo.

Poppy lo miró a los ojos. Estaban muy cerca el uno del otro.

–No necesito una niñera.

Él desplazó una mano desde el hombro de ella hasta la nuca.

–Razón de más para hacer esto.

Ella tragó saliva.

–¿El qué?

–Creo que ya lo sabes –afirmó él acercando su boca a la de ella.

–Creí que habías dicho que no querías...

Él la besó levemente en los labios, rozándoselos apenas, lo que despertó en ella el deseo de recibir más.

–Pues quiero –dijo él con voz ronca–. Lo deseo de verdad. En Londres solo he pensado en ti, en cómo sabes, en cómo hueles, en el tacto de tu piel.

Poppy contuvo la respiración cuando la boca de él volvió a aproximarse. Esa vez, el beso fue más largo y profundo. Al sentir el primer roce de su lengua, Poppy creyó que se iba a derretir. Se abrió a él con un gemido de aprobación, se agarró a su cuello y apretó su cuerpo contra el de Rafe.

La lengua masculina jugó con la suya, incitándola a una danza descaradamente erótica. Él le puso las manos en las nalgas y la atrajo hacia sí para apretarla contra su cuerpo excitado. La necesidad y el deseo que ella experimentó eran casi insoportables, sobre todo cuando el remedio estaba tan tentadoramente cerca.

Él se separó de su boca para besarle el cuello.

–Dime que pare antes de que esto se nos vaya de las manos –dijo él.

–¿Y si no quiero que pares?

Él le tomó la cara entre las manos y la miró a los ojos, velados por la pasión.

–Podría hacerte sufrir.

Ella se conmovió ante su preocupación.

–Estoy segura de que no lo harás.

Él apoyó la frente en la suya.

–Esto es una locura, una completa locura.

–Cuando estoy contigo, me vuelvo un poco loca –confesó ella besándole en los labios.

Él le devolvió el beso apretando los labios contra los de ella, mordisqueándoselos, acariciándoselos...

–¿Sabes lo perdido que me siento ahora mismo?

–¿No es eso lo que yo debería sentir? –preguntó ella mirándolo con ironía.

Él volvió a tomarle la cara entre las manos.

–¿Cómo te sientes?

–Nerviosa, excitada... Y me preocupa un poco decepcionarte.

Él la miró con ternura.

–No debes preocuparte por eso. Esta primera vez no quiero que te preocupes nada más que de tus necesidades.

Poppy le acarició el labio inferior con la punta del dedo.

–Sé lo que es un orgasmo. Los he tenido... yo sola.

–¿Me enseñas lo que te gusta o prefieres que lo descubra?

–Me sentiría más cómoda si lo descubrieras –contestó ella ruborizándose hasta las orejas.

Él le acarició las mejillas suavemente con los pulgares.

–Hacer el amor con alguien por primera vez es descubrir lo que le gusta a uno y lo que no. Si quieres que en algún momento pare, dímelo. Si no estás cómoda, lo dejamos. Eres tú la que decide, ¿de acuerdo?

Poppy se preguntó si podría haber elegido un primer amante mejor. Parecía tan pendiente de ella, tan decidido a no presionarla ni a asustarla. Para alguien de su reputación, mostraba un lado tierno que resultaba muy seductor. Ella deseaba perderse en su cuerpo y en su destreza sensual.

No quiso pensar en las decenas de mujeres con las que había estado. Era extraño, pero le parecía que era la primera vez para ambos. Lo sentía en su vacilación al acariciarla, en el modo en que movía las manos por su piel, como si acabara de hacer un descubrimiento, en su forma de explorarle los senos, como si fueran los más preciosos y sensibles que había tocado.

Se estremeció cuando él le deslizó la mano por debajo de la chaqueta del pijama. Le acarició el erguido pezón con el pulgar, y una avalancha de sensaciones se despertó en ella. Se produjo una explosión de deseo entre sus piernas y se apretó más contra él, porque quería más, que sus pieles se tocaran sin la frustrante barrera de la ropa.

Él la besó en la boca apasionadamente, hasta dejarla sin aliento. Le quitó la chaqueta del pijama mientras la hechizaba con la boca. Ella sintió el deseo en su vientre, un dolor lento y delicioso que lo llevaba hacia él como si fuera un imán. Se apretó aún más contra él y sintió que se derretía al sentir su dura masculinidad contra su cuerpo.

Él la besó un seno, y fue una caricia húmeda que hizo que ella temblara de deseo. Le lamió el pezón jugando con él, incitándolo hasta que ella comenzó a gemir.

–Aquí no –dijo él–. Vamos a la cama –y la tomó en brazos.

–Peso mucho para que me lleves arriba –afirmó ella, sobresaltada.

–Eres un peso pluma. Yo peso el doble, y temo aplastarte.

Poppy no se había sentido más femenina en su vida. Se agarró a su cuello y se dejó llevar. Con cada escalón que Rafe subía, el corazón le latía más deprisa porque se aproximaban un paso más al momento en que Rafe la poseyera por completo.

Le pareció que tardaban una eternidad en subir, pero inmediatamente se vio tumbada en una cama. Él lo hizo sobre ella, con su boca cálida e insistente y sus suaves caricias. La acabó de desnudar lentamente. Ella le desabrochó la camisa con enfebrecida concentración. Quería besarle cada milímetro de piel, sentirla temblar y estremecerse bajo sus labios y su lengua.

Él se desprendió de la camisa y ella le acarició los músculos del pecho y los hombros.

–Haces ejercicio.

–Un poco –afirmó él mientras le besaba la parte inferior de un seno moviendo los labios como haría un maestro con un instrumento que no hubiera tocado antes–. Eres preciosa.

El cálido contacto del pecho desnudo de él contra el suyo hizo que el cuerpo de Poppy reaccionara perdiendo toda inhibición. Le acarició las tersas nalgas y lo apretó contra ella deseando sentir su carne en su centro anhelante. Le desabrochó el cinturón a ciegas mientras sus bocas se encontraban en un beso apasionado. Lo sintió contra ella tan erecto, tan dispuesto para ella que sintió que el suelo se abría bajo sus pies. Lo acarició por encima de la tela de los pantalones, recorriendo toda su longitud mientras sus lenguas jugueteaban.

Él separó su boca un momento para quitarse los pantalones y la ropa interior. Poppy oyó vagamente el ruido de los zapatos al caer al suelo. Se sintió fascinada por la belleza de su cuerpo. No era la primera vez que veía a un hombre desnudo, pero nunca había visto a uno tan magnífico. Le acarició el liso abdomen.

–La tienes tan... –tragó saliva convulsivamente–. Tan grande.

–No tengas miedo –él le tomó la mano y la puso sobre su erección. Ella cerró los dedos en torno a ella. Era satén y acero a la vez, potencia y vulnerabilidad. Sintió su sangre latirle en la mano, y su deseo, que atronaba exactamente igual que lo hacía en su cuerpo. Se le había formado una gota de humedad en la punta, igual que la humedad que secretamente se le había formado a ella entre los muslos.

Él le apartó la mano con delicadeza y volvió a tumbarla en la cama.

–Me toca a mí explorarte –dijo él poniéndole la mano en el abdomen, justo encima del vello púbico.

Poppy se estremeció. Sus dedos estaban muy cerca del punto donde se concentraba su deseo. Se quedó sin aliento cuando él la abrió suavemente con los dedos como si fuera una delicada flor. Se le tensaron todos los nervios cuando él la recorrió sin detenerse mucho en ningún sitio y sin apretarla demasiado.

–Quiero probarte.

Poppy se estremeció al ver el deseo en sus ojos. Sintió su aliento en sus pliegues y su lengua acariciándola con suavidad. Contuvo la respiración y lanzó una exclamación de sorpresa.

Él se detuvo.

–Relájate, *ma petite*.

–No creo que pueda –de pronto, Poppy se sintió expuesta y atemorizada. ¿Y si no valía para aquello? ¿Y si a él le resultaba fea o distinta allá abajo? La idea de estar totalmente desnuda ante él la inquietó. ¿Tenía que parecer una niña o una mujer? ¿Qué les gustaba a los hombres? ¿La estaría comparando con sus otras amantes?

–Eh –Rafe la tomó de la barbilla y la obligó a mirarlo–. Eres hermosa, sabes de maravilla y hueles de maravilla.

Poppy se tapó el rostro con las manos.

–Por eso sigo siendo virgen a los veinticinco años. No sirvo para esto.

–Claro que sirves –afirmó él quitándole las manos de la cara–. Relájate. No tenemos prisa. Tómate el tiempo que necesites.

–¿Y tú?

–Yo puedo alcanzar el clímax en dos minutos o en cuarenta y dos. Me puedo controlar –dijo él acariciándole el muslo.

–Pero creía que... –replicó ella frunciendo el ceño.

–Deja de pensar, *ma chérie*. Lo que debes hacer ahora es sentir.

Poppy suspiró cuando él volvió a acariciarle el muslo. Su tacto era como el de un guante de terciopelo. Cerró los ojos y se entregó al momento, a la sensación de su mano en el muslo, el abdomen y los senos. Volvió a acariciarla suavemente con la boca, esperando que se sintiera a gusto para pasar a caricias más firmes e íntimas. Ella sintió la lenta caricia de su lengua y se vio abrumada por lo que sentía, pero, en lugar de luchar contra ello, se dejó llevar. Era como una ola gigantesca que fuera a alcanzarla. Al hacerlo, oyó un grito y se dio cuenta, avergonzada, que lo había dado ella.

Había sido primario y carnal.

Él le apartó el pelo húmedo de la frente y esbozó una sonrisa.

—¿Ves que sí sirves? Tienes un talento innato.

Poppy, en vez de mirarlo, le recorrió el esternón con el dedo.

—Así que cuarenta y dos minutos, ¿eh? ¿Lo has cronometrado?

Él le levantó la barbilla para que lo mirara.

—Ser un amante considerado es una responsabilidad que me tomo muy seriamente. No hay que meter prisas a una mujer. Cada cuerpo tiene su ritmo y necesidades, y lo que funciona una vez tal vez no lo haga la siguiente.

Poppy le acarició el labio inferior con el índice.

—Parece que conoces el cuerpo de las mujeres.

—Empiezo a conocer el tuyo, pero lo que hasta ahora he descubierto es delicioso —le atrapó el dedo con los labios y se lo metió en la boca. Ella se estremeció al sentir la calidez de su boca y al ver el brillo de sus ojos.

Suspiró cuando él se tumbó sobre ella sosteniéndose con los brazos para no aplastarla. Sintió el roce del vello de sus piernas en su suave piel. Él la besó tan ardientemente que volvió a excitarse. Sus lenguas se buscaron y jugaron a retroceder y a buscarse de nuevo. La de él la animaba a ser cada vez más atrevida. Ella aceptó el reto y disfrutó al escuchar los murmullos de aprobación masculinos.

Él le acarició lentamente los senos, y a Poppy se le desbocó el corazón. Rafe siguió bajando por el abdomen, el vientre, las caderas y los muslos, haciéndola temblar de deseo. Ella sintió su erección y se dio cuenta de la urgencia que experimentaba él por cómo se le aceleró la respiración. La excitó ser ella la causa, tener ese poder sensual sobre él.

Él abrió el cajón de la mesilla y sacó un paquete, que abrió con los dientes para extraer un preservativo y ponérselo. No solo era un amante sensible, sino responsable al tomar precauciones. Qué diferente de la experiencia de su madre con su padre, que solo quiso aliviar su deseo sin pensar en las consecuencias.

—¿Estás segura de que quieres seguir? —preguntó Rafe.

Poppy acarició su erección. Sentía un deseo tan intenso que casi le hacía daño.

—Quiero que me hagas el amor.

Sus miradas se fundieron durante unos instantes de intimidad que hicieron que ella sintiera que era la única mujer del mundo que él había deseado o desearía.

—Voy a ir muy despacio —dijo él con voz ronca—. Dime si te hago daño.

Ella le rodeó el cuello con los brazos y lo besó en la boca.

Él se movió hacia ella, guiándose a sí mismo al tiempo que la abría con delicadeza.

—¿Todo bien?

—Sí.

—Relájate.

Esperó a que ella relajara los músculos antes de volverlo a intentar.

—Recuerda que tú decides.

Ella sintió cómo se deslizaba en su interior. Su propia humedad hizo el tránsito más fácil de lo que se había imaginado. Su sexo era enorme, pero su cuerpo se acomodó a su tamaño. Se sentía orgullosa de sí misma, pero cuando él al penetró un poco más sintió un dolor agudo.

–¡Ay!

Él se detuvo y la miró con expresión preocupada.

–Lo siento, *ma chérie*. He entrado demasiado, ¿verdad?

–No, estoy bien. Siento ponerme tan dramática.

–No te estás poniendo dramática –le apartó el pelo de la cara–. Trata de no contraer los músculos, que deben de estar relajados para adaptarse a mí –la besó suavemente en la boca mientras la penetraba más profundamente con lentitud.

Esa vez no le dolió tanto a Poppy. Elevó las caderas y él la penetró de golpe. Ella ahogó un grito de placer.

Él volvió a detenerse.

–¿Estás bien?

–Sí –le acarició la espalda y los hombros mientras se acostumbraba a la sensación de tenerlo en su interior. Él comenzó a moverse, lo cual produjo en ella una espiral de sensaciones que emanaba del centro de su cuerpo. Sintió cómo aumentaba su deseo, como un latido que reverberara en todo su cuerpo.

Él aumentó el ritmo mientras se servía de los dedos para incrementar el placer de ella. Poppy sintió que estaba cerca de la meta, pero que no iba a alcanzarla. Se removió inquieta.

–Lo siento, pero no puedo.

–Tómate todo el tiempo que necesites. No voy a marcharme.

Poppy se entregó a sus lentas embestidas, cada una más profunda y exquisita que la anterior. Él la acarició íntimamente variando la velocidad y la presión hasta llevarla al borde de un alto precipicio.

–Sigue adelante, *ma petite* –la animó él con suavidad–. No te detengas.

Poppy lanzó un grito ahogado cuando sintió la primera oleada del orgasmo. La asombró la velocidad. Era como estar montada en un tiovivo fuera de control. Giraba y giraba sin saber qué era arriba y qué abajo. Echó la cabeza hacía atrás en la almohada mientras la sensación recorría su cuerpo. Siguió y siguió hasta que sintió que la estaban zarandeando como si quisieran devolverla a la vida.

Él esperó a que ella acabara para alcanzar el clímax. Ella sintió que la tensión aumentaba en él hasta que lanzó un profundo gemido, inequívocamente masculino.

Se produjo un largo silencio.

Poppy no sabía qué decir. ¿Qué se decía después de la experiencia más sensacional de tu vida?

«Gracias» no le parecía apropiado. Sus emociones estaban esparcidas como las piezas de un rompecabezas. No sabía qué pensar ni sentir. Rafe había sido muy tierno y considerado con ella. ¿Cómo podía haber pensado que lo odiaba? Sus sentimientos se acercaban más al otro extremo del espectro, pero no quería pensar en eso en aquel momento.

En su opinión, enamorarse de alguien porque era un amante maravilloso no era una razón suficiente. Querer a alguien se relacionaba más con compartir valores similares, confiar en el otro y comprometerse con él; con saber que siempre estaría a tu lado cuando lo necesitaras. Rafe no le iba a prometer nada de eso. Aquello era una aventura, y cuanto antes se convenciera de ello, mejor para ella.

Él se incorporó sosteniéndose con los brazos.

—¿Cómo estás?

Poppy se conmovió ante la ternura de su mirada.

—Bien.

Él le colocó un rizo tras la oreja.

—Has estado estupenda.

—Seguro que eso se lo dices a todas.

—Sé que probablemente no te lo creerás, pero esto ha sido distinto.

—¿En qué sentido?

—Simplemente distinto.

—Tú también has estado estupendo.

—Pero tú no puedes compararme con nadie —dijo él sonriendo.

—Todavía no.

Él frunció el ceño y se separó de ella para quitarse el preservativo.

—Aunque sea un mujeriego, insisto en que mi pareja, aunque sea temporal, sea exclusivamente mía.

Poppy se sentó y se abrazó las rodillas para cubrir su desnudez.

—¡Qué susceptible!

—Lo digo en serio, Poppy. No soy infiel en mis relaciones, y no lo tolero en mi pareja.

—¿Soy tu pareja?

Él respiró hondo, como si acabara de tomar una decisión.

—Ahora sí.

—¿Durante cuánto tiempo?

—Hasta que esto se consuma. Siempre lo hace.

—Dame una cifra aproximada. ¿Una semana?, ¿un mes?

—No voy a quedarme aquí mucho más. Y no creo en las relaciones a distancia.

Ella apoyó la barbilla sobre las rodillas dobladas y se agarró los tobillos.

—Supongo que nunca te quedas en un sitio lo suficiente para establecer un vínculo duradero.

–No quiero darte falsas esperanzas, Poppy. Sé que las mujeres como tú lo quieren todo, pero, por ahora, eso no me interesa. Tengo muchas otras responsabilidades y no puedo plantearme sentar la cabeza.

–Muy bien –afirmó Poppy aunque distaba mucho de creerlo. ¿Podría ella acomodarse a una corta aventura y quedarse ahí? ¿Cómo se sentiría cuando acabara? ¿Estaría tan enamorada de él que se le partiría el corazón cuando él desapareciera de su vida para siempre?

¿No estaba ya un poco enamorada?

Él le alzó la barbilla y la miró a los ojos. Ella tuvo que esforzarse para que no se diera cuenta del conflicto en que se hallaba. Quería decirle que lo quería y que deseaba estar con él para siempre, pero su lado sensato se resistía a hacerlo.

Si le decía lo que sentía, la historia se acabaría antes de empezar. Si se guardaba sus sentimientos para sí misma, tendría maravillosos recuerdos cuando él se marchara. Porque se marcharía.

–La prensa te acosará durante unos días –dijo él–. Estate preparada.

–Lo estaré.

Él la besó en la boca.

–Sabes a caramelo.

–Creí que no te gustaba el dulce –dijo ella mirándolo con picardía.

Los ojos de él brillaron al tumbarla en la cama.

–Ahora me gusta –afirmó él, y unió su boca a la de ella.

Capítulo 12

A POPPY la despertó el canto de los pájaros al amanecer. Rafe había sido increíblemente tierno con ella la noche anterior, lo que le había hecho más difícil no mostrar sus emociones. Abrazada a él, se había sentido saciada e insatisfecha a la vez. Estaban muy cerca físicamente, pero se sentía como si un abismo los separara.

Vivían en mundos muy distintos. Él tenía dinero para comprar lo que quisiera, donde y cuando quisiera. Podía viajar por todo el mundo sin tener que contar el dinero que le quedaba. Tenía aventuras que no dejaban en él huella alguna. Probablemente no recordara el nombre de las mujeres al cabo de unas semanas.

¿Se acordaría de ella cuando la relación terminara? ¿Cuánto tardaría en olvidarse de su nombre y de su aspecto? ¿Cuánto en encapricharse de otra?

Poppy giró la cabeza y lo miró tumbado a su lado. Estaba boca arriba, con un brazo la rodeaba por los hombros y el otro le colgaba del borde de la cama. Respiraba profundamente y, aunque su cuerpo estaba relajado, tenía el ceño levemente fruncido como si estuviera meditando sobre algo complicado.

Sin pensar en lo que hacía, le estiró con los dedos la piel fruncida.

Él abrió los ojos y la miró.

–¿No te han dicho que a un perro dormido hay que dejarlo en paz?

Ella bajó el dedo por su nariz hasta llegar a la barbilla.

–No me dan miedo los perros, ni siquiera los grandes que parece que te van a morder.

Él se metió su dedo en la boca y lo mordisqueó mientras la miraba a los ojos.

–Será mejor que dejes de mirarme así –dijo él.

–¿Cómo?

–Como si quisieras que te inmovilizara sobre la cama y te hiciera el amor apasionadamente.

Poppy se estremeció de placer.

–¿Por qué no puedo mirarte así?

Él entrelazó las piernas con las de ella.

–Porque no quiero que te duela.

Ella lo miró a los ojos. ¿Cómo no iba a quererlo? Era tierno y considerado, apasionado y atento. ¿Cómo iba a luchar contra los sentimientos que brotaban en su interior?

Él tenía todo lo que siempre había deseado en un hombre.

Desde el momento en que sus bocas se habían unido, su cuerpo experimentó un seísmo. ¿Se volvería a sentir satisfecha con otro? ¿No lo compararía siempre con él? Sus caricias eran mágicas; la hipnotizaban sus besos; su mirada la fascinaba; su forma de poseerla la cautivaba. No volvería a ser la misma después de haber compartido aquella increíble intimidad con él. Y no porque hubiera sido su primer amante, sino porque había removido algo muy primario en su interior.

Volvió a acariciarle la cara.

–Cuando nos conocimos el día que entraste en el salón de té, pensé que eras la persona más arrogante e insensible del mundo.

–¿Y ahora?

–Sigues siendo arrogante –replicó ella sonriendo y acariciándole el labio inferior–. ¿Tus hermanos también lo son?

–Algo menos Raoul y algo más Remy. Estoy entre medias –dijo él mirándole la boca.

Poppy sintió en el abdomen cómo se excitaba el cuerpo de él. El corazón comenzó a golpearle el pecho cuando vio la intención que transmitían sus ojos. Se estremeció involuntariamente cuando él la besó en la boca. Su lengua fue al encuentro de la de él con ferocidad y la pelvis comenzó a latirle de deseo de que la poseyera. Se colocó debajo de él para completar lo que habían iniciado.

Él separó la boca de la suya y fue en busca de sus senos. Le acarició los pezones con la lengua, caliente y húmeda. Con cada caricia, crecía el deseo de ella. Lo sentía entre las piernas, como un anhelo febril que iba en aumento.

Él fue bajando por su cuerpo besándola; ella arqueó la espalda de placer. Él se detuvo en el ombligo e introdujo la lengua en la pequeña cavidad antes de seguir bajando hasta el centro de su deseo.

Poppy contuvo la respiración cuando él le separó los muslos. Su aliento era una caricia cálida, su lengua en el punto más sensible de su cuerpo produjo en ella un alud de sensaciones. Él acopló el ritmo y la presión de las caricias hasta que el cuerpo de ella alcanzó el clímax de forma turbulenta. Poppy se aferró a la cama para sostenerse ante la ola de sensaciones que la estremecieron y que la dejaron exhausta al cesar.

Él le acarició la parte interna del muslo mientras la miraba a los ojos.

–Reaccionas de un modo maravilloso.

Poppy lo miró deslumbrada. No daba crédito a lo que había hecho que sintiera.

–Quiero darte placer –afirmó extendiendo la mano con timidez.

Rafe contuvo la respiración cuando ella la cerró en torno a su masculinidad. Poppy vio un destello de placer en sus ojos y sintió cómo aumentaba en él la tensión mientras subía y bajaba la mano de modo rítmico. Con el pulgar le quitó la gota húmeda del extremo, y contempló cómo él se esforzaba en controlarse, lo cual la animó a ser más atrevida. Descendió por su cuerpo echándole el aliento, tentándolo con lo que iba a suceder.

Él le agarró la cabeza con ambas manos.

–Si no estás cómoda haciéndolo... –soltó una palabrota cuando lo tocó con la lengua–. Deja al menos que me ponga un preservativo.

Poppy se separó mientras él sacaba la caja. Se la quitó de las manos y se dispuso a ponérselo ella. Él volvió a contener la respiración mientras lo hacía. Su belleza masculina dejaba sin aliento a Poppy. Sentía su sangre golpearle los dedos.

Volvió a agachar la cabeza y, al principio, lo lamió para que sintiera la calidez de su lengua a través de la fina barrera del preservativo. A medida que fue ganando confianza, se volvió más audaz y lo tomó con la boca ejerciendo distintos grados de presión para ver cuál prefería él. Rafe le dio toda la información que necesitaba mediante gruñidos de placer que fueron incrementándose a medida que lo hacía la tensión en su interior.

A ella le resultó mucho más placentero de lo que había esperado. Se había imaginado que sería un asunto masculino, hasta cierto punto servil y humillante para la mujer.

Pero no lo era en absoluto.

Su poder sobre él la excitó. Los labios y la lengua captaron cada cambio sutil mientras él se encaminaba al momento final de la liberación. Rafe comenzó a respirar de forma más rápida e irregular mientras se agarraba a la cabeza de ella con desesperación. Poppy sintió la explosión final, y los pelos de la nuca se le erizaron ante su monumental respuesta.

Rafe se separó de ella y se quitó el preservativo. Solo se oía su respiración agitada.

–¿Ha estado... bien? –preguntó ella.

–Has estado maravillosa. Perfecta –afirmó él mientras la miraba con ternura y le acariciaba la mejilla.

–Tengo que ponerme al día. Chloe me dice que tengo que tener montones de relaciones para ponerme a la altura de una chica de mi edad.

La sonrisa desapareció de los ojos de Rafe. Apartó la mano de la cara de ella y se levantó de la cama.

–No es una competición –se puso los pantalones y se subió la cremallera casi con furia–. No hay un premio para quien se acueste con más personas.

Poppy lo observó mientras se acababa de vestir.

–¿Sabes cuántas amantes has tenido?

–Dejé de contarlas hace tiempo.

–¿Ha habido alguna que te haya dejado una impresión duradera?

–No se me ocurre ninguna –observó él mientras buscaba los zapatos.

«¿Ni siquiera yo?», se preguntó ella mientras el alma se le caía a los pies. No quería ser otra marca sin nombre en la cabecera de su cama. Quería ser importante para él.

Quería que la quisiera.

¿No había sido una estupidez pensar que se enamoraría de ella a pesar de las diferencias que los separaban? Era innegable que existía compatibilidad física, pero ella percibía una conexión más profunda, que él no estaría dispuesto a reconocer, pero que estaba ahí. Y lo había estado desde en el momento en que sus miradas se encontraron por primera vez en el salón de té. Ese momento lo cambió todo. Ella creyó que tendría que luchar contra su peor enemigo, pero Rafe se había convertido en el amor de su vida.

Al besarse por primera vez, sus bocas se habían transmitido un deseo completamente distinto a todo lo que ella había experimentado hasta entonces. Cuando sus bocas se unieron, supo que nunca volvería a ser la misma, ya que él había liberado en ella sensaciones y reacciones que desconocía poseer.

La primera vez en que se habían unido como amantes había sido mucho más que una unión física. A ella le pareció que se le había metido dentro hasta alcanzarle el alma. Nunca podría considerar una relación ocasional el tiempo que habían pasado juntos. Con independencia de las futuras parejas que tuviera, nunca olvidaría las tiernas caricias y la pasión de Rafe.

¿Pensaría él lo mismo de ella?

Se sentó en el borde de la cama e hizo una mueca cuando sus músculos internos protestaron al moverse.

Rafe se le acercó inmediatamente.

–¿Estás bien?

–Sí.

Él le acarició el brazo y le agarró la muñeca.

Ella lo miró, vio la preocupación en sus ojos y se

sintió llena de amor por él. ¿Cómo iba a conformarse con una mera aventura? Lo quería todo. No se quedaría satisfecha simplemente con que pasaran unas semanas juntos.

Quería estar con él toda la vida.

—¿Cuándo fue la última vez que te tomaste unas vacaciones? —le preguntó él acariciándole la mejilla.

—Hace tiempo. Desde que volví para cuidar a mi abuela.

—¿Puede Chloe arreglárselas sola durante unos días?

—¿Cuántos?

—Cuatro o cinco, tal vez una semana, tengo que consultar mi agenda.

—¿Dónde estás pensando ir?

—A París.

«La ciudad del amor», pensó ella, esperanzada.

—Tengo una reunión allí a principios de la semana que viene. Pero después podríamos pasar unos días haciendo turismo. Para cuando volvamos, ya habrán arreglado tu casa.

¿Significaba eso que su relación terminaría entonces? Por lo que ella sabía, Rafe nunca había vivido con ninguna de sus amantes. Pero, claro, ella no estaba viviendo con él, en sentido estricto. Y tampoco iba a convertir él aquella casa en su hogar, sino en una fuente de dinero sin ningún valor sentimental.

Poppy se preguntó si sería capaz de salir de la rutina y pasar unos días en un mundo exótico de riqueza y privilegios sin fin.

—Primero tengo que hablar con Chloe.

—Dame una respuesta esta noche —la besó levemente en los labios—. Tengo que marcharme. Un paisajista viene a verme esta mañana para ver los jardines, y quiero hacer algunos planos más antes de que llegue.

–¿Qué quieres hacer con los jardines? –preguntó Poppy con el ceño fruncido.

–Quiero deshacerme de la parte silvestre, que es caótica. Quiero darle una estructura, para que se adecue mejor al hotel que planeo.

–Pero el jardín silvestre es una de las características más hermosas de la casa. ¿Cómo se te ocurre cambiarlo?

–¿Cómo se te ocurre que vaya a dejarlo como está, lleno de malas hierbas y de plantas que nadie conoce?

–Esas hierbas y plantas llevan siglos allí. No puedes arrancarlas.

–Claro que puedo, y lo haré. A eso se le denomina progreso.

Poppy apretó la mandíbula y cerró los puños.

–A eso se le denomina profanación y mal gusto.

–¿Crees que tengo mal gusto?

–Tienes un gusto espantoso.

–¿Para las mujeres?

–Creo que podrías subir el nivel. La última amante que tuviste iba claramente detrás del dinero y la fama, y era evidente que no le gustabas como persona. Solo le gustaba tu dinero.

–Era una más –afirmó él encogiéndose de hombros.

–¿Como yo?

–No te he prometido nada, Poppy –dijo él sosteniéndole la mirada.

–No –remachó ella en tono desafiante–. Ni yo a ti tampoco.

Él esbozó una media sonrisa.

–Dime lo que decidas sobre París y le diré a mi secretaria que se encargue de organizar el viaje.

Cuando Rafe se hubo marchado, Poppy se preguntó si no cometería el mayor error de su vida yendo con él a París o si no sería un error mayor que rechazara pasar unos días con él antes de que la relación terminara.

Rafe trató de concentrarse en su conversación con el paisajista, pero no dejaba de pensar en Poppy. Esa mañana, después de que pasara la noche en sus brazos, le había parecido preciosa. La había observado dormir después de hacer el amor. Se había arrebujado contra él como un gatito.

Se le encogió el estómago al pensar en la ternura que ella le había demostrado después de poseerla. Cuando se quitó el primer preservativo, vio que estaba manchado de sangre. No se imaginaba que le conmovería tanto que hubiera tenido su primera experiencia con él. Creía que era muy moderno y progresista para considerar la virginidad femenina una especie de premio sobre el que regodearse. Pero la intimidad que habían compartido lo había hecho darse cuenta de lo trivial y predecible que se había vuelto su vida sexual con los años. Sus relaciones eran transacciones físicas de placer mutuo, carentes de sentimiento, de la sensación de que la vida no sería igual si la otra persona no volvía a su cama.

—Y aquí podríamos poner una fuente —el paisajista señaló el centro del jardín silvestre.

Rafe volvió a la realidad.

—Muy bien. Lo pensaré y hablaremos.

—He echado un vistazo al laberinto. Va a ser muy laborioso restaurarlo. Lleva años abandonado, y la tormenta del otro día no ha contribuido a mejorar las cosas. Hay que replantar en dos sitios.

–No me importa lo que cueste. Haga lo que sea necesario.

–Bonitos perros –el paisajista se agachó y llamó a Chutney, Pickles y Relish, que habían seguido a Rafe como esclavos devotos desde que había salido de la casa esa mañana.

–No son míos –dijo Rafe–. Cuidado con el gris y blanco. Le morderá si se acerca.

El hombre se incorporó después de acariciar a Chutney y Relish.

–Dentro de un par de días le diré lo que costaría reparar el laberinto. Salude a Poppy de mi parte.

–¿La conoce?

–Mi madre y su abuela eran muy amigas. Es un encanto de mujer, ¿no le parece? Tiene un corazón de oro. Hace mucho por el pueblo sin hacerse notar. Cuando a mi mujer le hicieron la cesárea para que los gemelos nacieran, Poppy se pasó todos los días por casa con una comida caliente. E incluso se llevaba la ropa sucia y nos la devolvía lavada y planchada –guiñó el ojo a Rafe–. Tendrá mucha suerte quien la haga su esposa.

–Estoy seguro –dijo Rafe con una sonrisa forzada.

Capítulo 13

PARÍS... –Chloe suspiró con nostalgia–. ¿Te das cuenta de que estás viviendo el sueño de toda mujer? Que un guapo multimillonario te lleve a París, te invite a comer y te corteje.

–Es un viaje de negocios para Rafe. Yo solo lo acompaño para entretenerlo.

–No me lo creo. Se está enamorando de ti. Antes de que te des cuenta, lo tendrás de rodillas ante ti. Verás como tengo razón. ¿Y qué mejor sitio que París para pedirte que te cases con él?

–No va a pedírmelo. Me enviará de vuelta, en cuanto París se acabe, con alguna joya como premio de consolación, que seguro que ni siquiera elegirá él, sino una de sus secretarias.

Chloe percibió el abatimiento de Poppy.

–Lo quieres de verdad.

–Cuando entró aquí el primer día, pensé que era un imbécil, lo cual demuestra que no debes fiarte de la primera impresión. Bajo su fachada fría y dura, es una persona sensible.

–Entonces, ¿cuál es el problema?

–Que no le importo, o al menos no como yo quisiera.

–¿Qué prisa tienes? ¿Cuánto hace que lo conoces?, ¿una, dos semanas? Dale tiempo.

–Pero ¿y si realmente no le intereso? –Poppy expresó el miedo que la acechaba desde que habían hecho el amor–. ¿Y si solo esta conmigo para convencerme de que le venda mi casa?

–¿Crees que se rebajaría hasta ese extremo?

–No lo sé. Mira lo que hizo Oliver. No lo vi venir. Puede que solo atraiga a tipos que crean que me pueden engañar.

–Tranquilízate. Vive al día y disfruta de lo que se te ofrece. Es lo único que puedes hacer.

–¿Vas a todas partes en jet? –preguntó Poppy a Rafe el lunes siguiente, cuando estaban a punto de salir de Londres.

–Odio esperar. Es una pérdida de tiempo.

Poppy puso los ojos en blanco.

–Espero que seas consciente de que, ahora que hemos dejado a los perros en esa perrera de lujo que les buscaste, no querrán estar en ningún otro sitio.

Él le dedicó una sonrisa encantadora.

–No veo por qué no van a poder pasárselo tan bien como nosotros.

Poppy no dudaba que se lo pasaría muy bien. Las noches anteriores con Rafe habían sido deliciosas. Aquella mañana se habían duchado juntos, y ella se había quedado extasiada. Con solo mirarlo, con la sensual promesa que expresaban sus ojos, se le aceleraba el corazón.

En el jet había una azafata que le sirvió canapés y champán. Después cerró la puerta corredera de la cabina para permitirles tener intimidad.

Poppy tomó un sorbo de champán.

–¿Tus hermanos también tienen un jet o compartís este?

—Cada uno tiene el suyo. Mi abuelo tiene dos.

Ella lo contempló durante unos segundos.

—¿Has pensado lo distinta que sería tu vida si hubieras nacido en otra familia, en una que no estuviera forrada de dinero?

Él frunció el ceño

—No derrocho el dinero, Poppy.

—Puede que no, pero seguro que nunca has tenido que preocuparte por cómo vas a conseguir volver a comer.

—Sé que, visto desde fuera, parece que la gente rica lo tenemos muy fácil, pero el dinero tiene sus problemas. Por ejemplo, el que mencionaste el día que nos conocimos.

Poppy frunció el ceño tratando de recordar.

—¿Qué te dije?

—Que probablemente me quedaría despierto por las noches preguntándome si a los demás les caía bien por mí mismo o por mi dinero.

Ella se mordió el labio inferior.

—No debería habértelo dicho, ya que ni siquiera te conocía. Estaba suponiendo cosas horribles sobre ti.

Él le acarició con un dedo la mano que tenía en el reposabrazos entre ambos.

—También yo supuse cosas sobre ti que no eran ciertas.

Poppy lo miró a los ojos.

—Quiero que sepas que me gustas por ti mismo, no por tu dinero. Podíamos haber ido a París en coche, en tren o en autobús, y no me hubiera importado lo más mínimo.

Él sonrió y le acarició la mejilla.

—Eres un encanto, Poppy.

—Supongo que lo que quieres decir es que soy muy ingenua.

Rafe dejó de sonreír y frunció el ceño.

–¿Por qué lo dices?

–¿Cómo sé que este viaje a París no forma parte de tu plan para que te venda mi casa?

–¿Es eso lo que de verdad crees?

–No irás a negarme que sigues queriéndola.

–Claro que sigo queriéndola, pero eso no tiene nada que ver con nuestra relación.

Poppy quería creerle, pero ¿cómo podía estar segura de sus motivos? Desde el primer día, él había sido claro acerca de sus intenciones sobre la casita, y no era de los que cejaban en el empeño de conseguir sus objetivos.

Jugaba para ganar, nunca para perder.

Alcanzar un compromiso era un anatema para alguien como él, porque lo consideraría un fracaso, una debilidad.

–No voy a vendértela, Rafe. Me da igual en cuántos jets me lleves o cuánto champán me sirvas. No voy a vendértela, ni a ti ni a nadie.

Él se desabrochó el cinturón de seguridad y se levantó al tiempo que se pasaba la mano por el pelo con impaciencia.

–¿Me crees capaz de caer tan bajo? ¿Qué clase de hombre piensas que soy?

–Alguien dispuesto a todo –afirmó ella mirándolo de arriba abajo–. Duro, decidido y sigiloso. O eso nos ha hecho creer la prensa.

Él soltó una carcajada.

–¿Es que te crees a pies juntillas lo que dicen los periódicos?

–Quiero creer que tus motivos son nobles. Pero ¿cómo puedo estar segura de que estás conmigo por mí misma?

Él se le acercó, la tomó de la barbilla y se la levantó para que lo mirara a los ojos.

–No voy a negar que quiero tu casa, ya que no puedo llevar adelante mis planes para desarrollar la finca sin ella. Pero lo que hay entre nosotros no tiene nada que ver.

¿Lo decía de verdad?

Le desabrochó el cinturón y la levantó del asiento.

–Te deseo, *ma chérie*, y lo hice desde el momento en que te vi.

«Pero ¿por cuánto tiempo?», se preguntó ella. El historial de relaciones de Rafe no presagiaba nada bueno para sus esperanzas de casarse y formar una familia. La romántica empedernida que había en ella era la que esperaba ser la mujer que lograra hacerlo cambiar.

¿Cuántas mujeres habían tenido el mismo sueño y se habían decepcionado?

Poppy apartó las dudas de su mente y le sonrió provocativamente mientras comenzaba a deshacerle el nudo de la corbata.

–¿Es realmente privado este jet?

Él la atrajo hacia sí con los ojos brillantes.

–Mucho –dijo mientras acercaba la boca a la de ella.

El piso de Rafe parecía una mansión más que un piso. Tenía seis dormitorios y se hallaba cerca del hotel Ritz, en una de las zonas más ricas de la ciudad. A Poppy, que siempre había viajado con un presupuesto muy reducido, le descubrió un mundo nuevo. Trató de comportarse normalmente y de nos sentirse intimidada, pero le resultó imposible no envidiar la fortuna de Rafe.

Él la llevó a cenar al Moulin Rouge, en Montmartre, y ella disfrutó enormemente del espectáculo que había hecho famosa a la ciudad. Después, fueron a otro local donde había música en directo y baile.

—Pero bailo muy mal —protestó ella cuando Rafe la tomó de la mano para conducirla a la pista.

—Deja que te lleve —dijo él atrayéndola hacia sí.

Al principio le resultó difícil no creer que todos la miraban por lo mucho que tropezaba, pero al cabo de un rato comenzó a relajarse mientras bailaban un vals.

—¿Lo ves? Tienes un don natural.

—Eres muy buen maestro —dijo ella mirándolo.

—Y tú aprendes muy deprisa, *ma petite*.

Poppy se apretó contra él y se estremeció de placer al notar que estaba excitado.

—Supongo que debo aprovechar al máximo el tiempo que esté bajo tu tutela —afirmó ella con displicencia.

Él apretó los labios y sus ojos perdieron el brillo.

—Tenemos que irnos —dijo separándose de ella—. Se hace tarde y mañana tengo una reunión temprano.

Poppy quiso darse de tortas por haber estropeado una perfecta velada. ¿Qué sentido tenía recordarle que su relación era temporal? ¿Por qué no se contentaba con lo que tenía? La mayor parte de las mujeres daría lo que fuera por pasar una o dos semanas con alguien como Rafe. Había visto las miradas envidiosas que las mujeres le habían lanzado durante toda la noche. El aspecto de Rafe y la autoridad que emanaba hacían que la gente volviera la cabeza para mirarlo. ¿Qué derecho tenía ella a exigirle más cuando hacía tan poco que se conocían?

El problema era que sabía que Rafe era su hombre ideal. Lo había sabido desde el momento en que la había besado, y hacer el amor con él la había reafirmado en su convicción. No se imaginaba con otro hombre, ni quería estarlo.

Cuando salieron a la calle, Poppy le tocó el brazo.

–Perdona por lo de antes. Debe de ser el desfase horario.

Él le apretó levemente la mano.

–Entiendo que quieras sentirte más segura. Pero cada cosa a su tiempo. El trabajo ya me crea suficientes problemas.

–Lo siento. ¿Te preocupa la reunión de mañana?

Él la tomó del brazo mientras se dirigían al coche.

–Siempre te preocupas cuando eres responsable del empleo de la gente. La reunión de mañana es con uno de los contables de aquí. Hace tiempo que sospecho que amaña la contabilidad. He mandado hacer una auditoría independiente. Mañana le presentaré los resultados. La cosa no pinta bien.

–Qué horror.

–Sí –Rafe la miró antes de seguir mirando al frente–. No tengo muchas ganas de hacerlo. El hombre tiene esposa e hijos pequeños. Lleva trabajando para mí desde que acabó la carrera. Me siento traicionado.

–No hay sentimiento peor, ¿verdad? Que alguien en quien confías te utilice.

Él dejó de caminar y se volvió a mirarla.

–¿Es eso lo que te pasó con tu novio?

Ella hizo una mueca.

–Ahora detesto pensar que fue mi novio. Menos mal que no me acosté con él, porque me sentiría aún más ridícula.

Él le colocó un rizo detrás de la oreja mientras la miraba con expresión pensativa.

–El otro día estuve hablando de ti con Howard Compton.

Poppy enarcó las cejas.

–No sabía que fuerais amigos.

Él sonrió avergonzado.

–Me paso todos los días a verle y a tomar una co-pita, como dice él. No soporto el whisky, pero no me atrevo a decírselo. Me gusta su compañía. Es un buen hombre. No se parece en nada a mi abuelo, por eso probablemente me cae tan bien.

–¿Qué le has contado sobre mí?

–Le he dicho que he concebido un plan laboral para ti, ese del que te hablé la otra noche. Tienes que apren-der a decir que no. Te hundirás si no aprendes a de-fenderte.

–Lo intentaré.

Él le pasó el brazo por los hombros, la atrajo hacia sí y le besó el cabello.

–Así me gusta.

De vuelta en el piso, Rafe salió del cuarto de baño y vio que Poppy estaba haciendo fotos con el móvil de los muebles art déco.

–Si tanto te gustan, te compraré algunos.

Ella se volvió con expresión culpable, colorada como una niña a la que hubieran pillado robando ga-lletas.

–Es un piso precioso. Tienes un gusto exquisito.

Rafe se le acercó, le quitó el teléfono y lo lanzó a la cama.

–Necesito que tengas las manos libres.

Ella le dedicó una sonrisa deslumbrante.

–¿Para qué?

Él le soltó el pelo, que le cayó sobre los hombros. Rafe aspiró su olor a madreselva. Le metió los dedos entre los rizos y atrajo su boca hacia la de él. Probó la dulzura y la suavidad de sus labios. La lengua de ella le respondió tímidamente cuando él la incitó a jugar con la suya.

Ella pegó su cuerpo al de él. Rafe le puso la mano en la base de la columna vertebral y la empujó hacia su erección. La necesidad que tenía de ella borró cualquier otro pensamiento de su cerebro. Lo abrumaba el deseo de poseerla salvajemente, pero el caballero que había en él no quiso presionarla ni que se sintiera incómoda.

Poppy lanzó un leve gemido cuando él le acarició un seno. A él le encantaba su forma, el modo que se le adaptaba perfectamente a la mano.

–Llevas demasiada ropa –murmuró.

–Tú también –le sacó la camisa del pantalón y le acarició el pecho.

Él le bajó la cremallera del vestido, que cayó al suelo. Ella lo apartó con el pie mientras sus bocas seguían unidas y le rodeaba el cuello con las manos.

Rafe le acarició la espalda al tiempo que le desabrochaba el sujetador. Le quitó las braguitas y le acarició las nalgas y le pasó los dedos, con la suavidad de una pluma, por sus pliegues femeninos. Su deseo aumentó aún más al descubrirlos húmedos y ver que ella estaba lista para entregársele.

Poppy le quitó el cinturón y le bajó la cremallera de la bragueta. Él contuvo el aliento cuando por fin lo dejó desnudo. Cuando ella comenzó a acariciarlo cada vez con mayor atrevimiento, creyó que no iba a poder contenerse.

Le retiró la mano y respiró hondo.

–No tan deprisa, *ma belle*.

–Te deseo –le susurró mientras lo iba empujando

hacia la cama hasta que él no tuvo más remedio que tumbarse, con ella encima.

Ella lo agarró de las manos y se las puso por encima de la cabeza.

–¿Qué haces? –preguntó él.

–Atarte.

Rafe se echó a reír mientras ella le ataba las muñecas con la corbata al cabecero de la cama. ¿De vedad creía que ese trozo de tela iba a contenerlo? La dejaría jugar, pero se libraría de las ataduras en un santiamén. Era él quien controlaba la situación, no ella, pero sería divertido dejar que Poppy creyera que estaba al mando.

Ella se deslizó por su cuerpo hacia abajo y atrapó sus muslos con los de ella. Después se recogió el cabello y se lo echó sobre el hombro para entrar en faena.

Rafe tembló cuando lo tomó con la boca. Sin preservativo. Tiró de la corbata, pero vio que los nudos estaban muy apretados.

La primera caricia con la lengua fue larga, cálida y húmeda, y lo excitó terriblemente.

Volvió a tirar de las ataduras.

–¿Qué demonios...?

Ella alzó la cabeza.

–Eso te pasa por comprarte corbatas de diseño en vez de corbatas baratas de grandes almacenes.

Rafe contuvo la respiración cuando ella siguió acariciándolo con la lengua. Trató de contar hacia atrás; pensó en todo lo que podía distraerlo, sin resultado. Ella comenzó a espolearlo como si fuera a volverlo del revés con su cálida boca. Rafe sintió que se elevaba y que perdía toda noción de sí mismo mientras se sumergía en un torbellino de inconsciencia que superaba todo lo que había experimentado hasta aquel momento.

Ella le sonrió con malicia mientras lo desataba.

–¿Qué le ha parecido al que siempre controla todo?

–Increíble.

Rafe le introdujo un dedo y observó su expresión de placer. Ella se apretó contra él, incitándolo. Él retiró el dedo y dio la vuelta a Poppy poniéndola de espaldas a él. La abrazó para que sintiera su duro y creciente deseo. Ella se retorció contra él buscándolo con un leve levantamiento de las caderas. Él tuvo que esforzarse para no penetrarla sin protección.

–Espera. Necesito un preservativo.

Se lo puso y volvió a situarse en la misma postura, con las manos en las caderas de ella.

–¿Te parece bien esto? –le preguntó él.

Ella murmuró su asentimiento y volvió a retorcerse contra él.

Rafe la penetró lentamente para ver cómo respondía, al tiempo que intentaba controlarse cuando lo único que quería era explotar en su cálido interior. Ella le urgió a que siguiera con leves gemidos que le pusieron la carne de gallina. Comenzó a moverse embistiéndola cada vez más profunda, dura y rápidamente. Ella lo siguió en todo momento; su cuerpo lo aceptó y le respondió con tanta pasión que él volvió a estar a punto de perder el control.

Deslizó una mano entre las piernas de ella para acariciarla, y al cabo de unos segundos ella comenzó a sufrir convulsiones, a gritar de placer y a contraer el cuerpo al tiempo que alcanzaba un clímax espectacular. Él se vació en su interior con un estremecimiento.

Rafe no quería separarse de ella y romper aquella unión íntima. Sintió que la erección decrecía, pero sabía que no tardaría en volver a aumentar. Su deseo de Poppy no disminuía. Normalmente, en aquella fase de la relación solía estar inquieto e incluso un poco aburrido. Pero con ella cada vez era totalmente diferente, más excitante, más satisfactoria y más adictiva.

Lo había molestado el comentario que ella había hecho sobre aprovechar al máximo el tiempo que estuviera con él. No estaba preparado para comprometerse con nadie sin pensarlo seriamente. Elegir a una pareja para toda la vida era algo muy importante. Había visto fracasar muchos matrimonios por estar basados en la lujuria en vez de en el sentido común.

Sin embargo, la conversación que había tenido con Raoul lo había hecho pensar. No quería acabar como su abuelo, teniendo que pagar para tener compañía en la vejez. Le resultaba atractiva la idea de una esposa que fuera su amante, su amiga y su confidente; al igual que la idea de tener hijos. Pensó en lo hermosa que estaría Poppy embarazada. Hasta ese momento no se había percatado de lo sexy que podía ser una mujer encinta.

«¿Qué estás pensando?», se dijo. «¿Cuánto hace que la conoces?, ¿dos semanas?».

Debía controlarse. Tal vez hubiera sido un error llevarla a París. Por algo la llamaban «la ciudad del amor».

Amor.

Era una palabra en la que no quería pensar.

Rafe se separó de ella y se quito el preservativo. Ella se dio la vuelta y lo miró con esa timidez que le resultaba encantadora. Había desempeñado el papel de tentadora con mucho aplomo, pero en el fondo siempre sería una mujer chapada a la antigua. Ella agarró el vestido y lo usó para cubrir su desnudez.

–No tienes que esconderte de mí, Poppy.

–Ya lo sé, pero es que no dejo de pensar en que me

estarás comparando con todas las demás mujeres con las que te has acostado.

Lo paradójico era que él apenas recordaba sus nombres ni sus rasgos. Le tomo la cara entre las manos.

–Eres la mujer más hermosa con la que he estado, y no solo por tu aspecto físico, sino por cómo eres como persona, lo cual es mucho más importante.

–¿Lo dices en serio?

Él la besó en la boca.

–Totalmente.

Capítulo 14

POPPY esperaba frente al edificio en el que Rafe tenía la reunión cuando este salió. Él le había dado una tarjeta de crédito para que se fuera de compras esa mañana. Ella se la había metido en el bolso sin rechistar, pero había apretado los labios. Su reacción había sido totalmente distinta de la de cualquier otra mujer con la que hubiera estado, que, normalmente, no podía contener su alegría al recibir carta blanca. Era un agradable cambio que Poppy no hubiera dado por sentada su generosidad.

Ella se le aproximó y lo tomó de la mano.

—¿Estás bien?

—Necesito un trago.

—Esa no siempre es la mejor solución.

—Ya lo sé. Ahora mismo me detesto. Acabo de despedir a un hombre que tiene esposa y cinco hijos.

—¿No tenías alternativa?

Él la miró. Era tan inocente...

—Él hombre tiene un problema con el juego. Me ha robado cientos de miles de euros. Lleva haciéndolo dos años. Debería denunciarlo.

—Pero no lo harás, ¿verdad?

Él suspiró.

—No.

—Hay programas de rehabilitación para los que tienen problemas con el juego. ¿Y si le ofreces pagarle uno? Podrías llegar a un acuerdo con él: que lleve a cabo el programa mientras tú mantienes a su esposa y a sus hijos o que vaya a la cárcel.

Rafe la agarró por los hombros, la atrajo hacia sí y la besó en la boca con fuerza.

–¿Sabes que eres un genio?

Ella le sonrió con timidez.

–Yo no diría tanto.

Rafe agarró el teléfono y comenzó a repasar sus contactos.

–Dame cinco minutos. Cuando solucione esto, pasaremos una noche inolvidable.

Y, en efecto, fue una noche inolvidable, pero por otros motivos. Estaban en un restaurante de lujo cuando sonó el móvil de Rafe. Este dirigió a Poppy una mirada de disculpa y lo sacó del bolsillo.

Su expresión cambió en cuanto contestó la llamada. Ella se asustó al ver cómo se le contraía el rostro.

–¿Sobrevivirá?

Poppy sintió pánico. ¿Qué vida colgaba de un hilo? Rafe estaba pálido. ¿Era su abuelo, uno de sus hermanos o amigos, uno de sus empleados?

–Estaré allí lo antes posible –acabó de hablar y miró a Poppy–. Mi hermano Raoul ha tenido un accidente de esquí en el lago Como. Parece que se ha lesionado la columna vertebral.

–¡Oh, no!

–Tengo que ir para allá. Siento no poder acabar la semana contigo. Le diré a mi secretaria de París que te organice el vuelo para que vuelvas a casa.

–¿Puedo ir contigo? –le preguntó Poppy mientras salían del restaurante–. Necesitarás apoyo, y puedo...

–No –la cortó él en tono seco–. Quiero que te vuelvas a casa. Me encargaré de esto yo solo.

–Pero sería mejor que...

Rafe la fulminó con la mirada.

–¿Nos has oído lo que te he dicho? No quiero que vengas conmigo. Se trata de mi familia. Es responsabilidad mía, no tuya.

Poppy se estremeció.

–Sé que estás alterado, Rafe, pero...

–Pero ¿qué? Ya sabías que esto sucedería, Poppy. Nunca te dije que lo nuestro duraría eternamente. Cada uno tiene su vida.

Poppy estaba desesperada mientras volvían al hotel en taxi. ¿Qué significaba aquello? ¿Todo había acabado entre ellos? No tenía el valor de preguntárselo. Se quedó callada mientras percibía la tensión y la preocupación de Rafe, unidas a las suyas.

Cuando llegaron al hotel, él se cambió de ropa y agarró el pasaporte. Poppy se sentía impotente. Quiso decirle algo, pero era como si él hubiera levantado un muro a su alrededor que lo aislara de ella. Al contemplar su tensa expresión, se dio cuenta de que algo en su interior lo iba apartando de ella poco a poco.

–¿Hay algo que pueda hacer? –le preguntó cuando no pudo soportarlo más.

Él alzó la vista del móvil después de mandar otro SMS, uno más de los muchos que había enviado en los minutos anteriores.

–¿Qué? –le preguntó con brusquedad y el ceño fruncido, como si ya se hubiera olvidado de quién era ella y de por qué estaba allí.

–Te he preguntado si hay algo que pueda hacer antes de que te vayas.

–No –se metió el teléfono en el bolsillo–. Debo hacer esto solo –respiró hondo y añadió–: Se acabó, Poppy.

Ella lo miró como atontada.

–No lo dirás en serio, ¿verdad?

–Tengo que irme. Mi hermano me necesita. Le diré a mi secretaria que te mande algo para compensarte por este brusco final.

–No te molestes.

Él agarró la chaqueta.

–Te llamaré para hablar de tu casa y ver si llegamos a un acuerdo.

–No voy a cambiar de opinión.

–Yo tampoco.

Mientras él cerraba la puerta al salir, ella se preguntó si se había referido a ella, a su casa o a ambas cosas.

Fue terrible ver a su hermano menor en cuidados intensivos, con el gota a gota y conectado a aparatos que lo controlaban.

A Rafe se le hizo un nudo en la garganta que le impedía respirar. Remy estaba al lado de Raoul con una expresión de perplejidad tal que Rafe recordó el día en que les dijeron que sus padres habían muerto. En ese momento, a los diez años de edad, se había dado cuenta de que debía hacerse responsable de sus hermanos, de siete y nueve años, demasiado jóvenes para entender lo que había sucedido y las consecuencias que tendría en sus vidas.

En el hospital, al ver a sus hermanos, revivió la misma sensación.

–No va a morirse –dijo Rafe sin convicción. Su función era tranquilizar a Remy y mantener a la familia unida sin importar la tragedia que estuviera viviendo.

Remy tragó saliva.

–¿Y si no vuelve a andar?

–Ni se te ocurra pensarlo –dijo Rafe. Él ya lo había hecho, y había reflexionado sobre el impacto que tendría en la vida de Raoul, el más deportista de los tres. Su hermano preferiría morir a pasarse el resto de la vida en una silla de ruedas. La función de Rafe sería hacer que se centrase en mejorar lo más posible y en darle esperanzas de volver a caminar en el futuro. No había que perder la esperanza, ya que no dejaban de producirse avances médicos.

Miró a su hermano, pálido y enfermo. Le miró las largas y fuertes piernas, inútiles sobre la cama del hospital.

Era dolorosamente paradójico que, solo unos días antes, Raoul le hubiera hablado, mientras se tomaban una cerveza, de su deseo de sentar la cabeza. ¿Qué posibilidades tendría de hacerlo? ¿Y si había perdido todas las funciones? Hasta ese momento, los médicos se habían mostrado muy prudentes en sus afirmaciones. Tal vez no supieran más hasta realizarle más pruebas. Una lesión de columna podía ser grave o leve.

–Tenemos que contárselo al abuelo –dijo Remy.

–Sí –Rafe se levantó y sacó el móvil–. Aunque no nos servirá de mucha ayuda. Culpará a Raoul por ser un adicto a la adrenalina. Eras muy joven para recordar lo que dijo cuando mamá y papá se mataron, pero yo no lo he olvidado y no se lo he perdonado.

–Lo recuerdo –afirmó Remy con expresión sombría–. ¿Sabías que Raoul estaba pensando en comprometerse con Clarissa Moncrief? Creo que iba a pedirle que se casaran en este viaje al lago.

Rafe había visto de pasada a Clarissa en la sala de espera, y ella había salido disparada hacia el servicio para no hablar con él. En su opinión, eso no auguraba nada bueno. ¿Seguiría ella al lado de Raoul si las cosas no salían como estaba previsto?

No pudo evitar pensar en Poppy y en su ofrecimiento a acompañarlo.

La echaba de menos.

Era difícil reconocerlo, pero era así. La echaba de menos de mil formas distintas: por su sonrisa, su risa, su olor...

Pero tendría que acostumbrarse a echarla de menos. No podía llevársela con él cuando aquello acabara. Había sido una locura pensar en un futuro juntos. Él tenía incluso más responsabilidades que antes. ¿Cómo iba a pensar en casarse con Raoul en aquel estado? Sería egoísta y de mal gusto por su parte anunciarle su compromiso estando como estaba.

«Pero la quieres, idiota», pensó.

«Un momento», se dijo. «¿Qué imbécil se enamoraría tan deprisa?».

Era lujuria; de eso se trataba.

Para empezar, no debiera haber iniciado una relación con ella. El deseo lo había cegado. No era propio de él actuar de forma tan impulsiva, por lo que tenía que enfrentarse a las consecuencias. Ella encontraría a otro que fuera más adecuado a su mundo hogareño.

Pero lo mínimo que podía hacer era ir a verla para hablar de su casa cuando Raoul se hubiera estabilizado.

Ese era el plan, el objetivo.

Pero en aquel momento debía centrarse.

–Sé que me has dicho que no vuelva a nombrarlo –dijo Chloe a Poppy, dos semanas después–. Pero ¿sabes cómo está el hermano de Rafe? No ha salido nada en la prensa después del primer artículo sobre el accidente.

Poppy soltó un dolorido suspiro.

–He llamado a su secretaria un par de veces. Se sigue sin saber si recuperará la movilidad. Siente las piernas, lo cual es positivo. Podría ser mucho peor.

–A veces la vida da asco. ¿Va a volver Rafe a la casa de campo? ¿Te ha dicho algo la secretaria sobre sus planes?

–Me ha dicho que volvería dentro de dos semanas para recoger sus cosas.

–No te des por vencida todavía –la animó Chloe–. En ocasiones, una tragedia hace que la gente haga balance de su vida. Puede que él quiera que estés a su lado y ayudes a su hermano a superar su situación.

Poppy deseó tener la confianza de su amiga, pero sabía que Rafe era un lobo solitario a la hora de manejar situaciones complicadas. Le había costado mucho hablarle del contable que lo había estado engañando. Apenas le había hablado de su infancia, pero ella sospechaba que había sido muy solitaria y cargada de responsabilidades para un niño de diez años cuyos padres habían fallecido. Eso le había dejado huella. Estaba acostumbrado a desenvolverse solo, y no quería que nadie fuera testigo del precio que tenía que pagar.

¿No había apartado a Poppy de su vida por eso?

Se sentía responsable de su familia, y no estaba acostumbrado a compartir dicha responsabilidad con nadie.

Trabajaba en exceso para que su negocio y el de su familia estuvieran entre los más importantes en su campo. Poppy creía que lo que lo impulsaba no era tanto tener mucho éxito, sino compensar el vacío que sentía por haberse quedado huérfano tan joven.

¿Era mucho esperar que un día se diera cuenta de que no tenía que hacerlo todo solo?, ¿que podía compartir la carga con alguien que lo quisiera y deseara su felicidad?

Por supuesto que lo era.

Ella no odia continuar con aquella visión idealista del mundo en la que, al final, todo acababa bien. A veces, la vida era dura, y había que serlo uno también para enfrentarse a ella.

Había llegado la hora de endurecerse.

Capítulo 15

TRES semanas más tarde, Rafe llegó en coche a la casa de campo. Tenía jaqueca y estaba cansado por no haber dormido como era debido desde el accidente de su hermano. Raoul estaba mucho mejor físicamente: la conmoción cerebral había desaparecido y el brazo derecho, que se le había roto, estaba soldándosele bien, pero era evidente que tenía dificultades para aceptar la lesión de la columna. Lo habían operado, pero los médicos seguían siendo cautelosos sobre su completa recuperación.

Cuando Rafe salió de la unidad privada de rehabilitación a la que se había trasladado a Raoul, este, sentado en la silla de ruedas, miraba al vacío por una ventana. Apenas había pronunciado una palabra después de salir del hospital. Rafe se sentía destrozado al verlo así. No soportaba contemplar a su hermano, antes lleno de vida, desplomado y apático en aquella maldita silla.

Rafe culpaba a Clarissa Moncrief. La noche previa al accidente, Raoul le había pedido que se casara con él y ella había aceptado. Rafe no creía que quisiera a su hermano, ni que este la quisiera, pero eso daba igual. Ella había dado por terminado el compromiso sin tener en cuenta los sentimientos de Raoul.

Rafe estaba resuelto a sacar a su hermano del estado de postración en que se hallaba. Iba a buscar a una especialista sobre la que había leído en un artículo en Internet, una joven inglesa llamada Lily Archer, que había atendido a la hija de un rico jeque, la cual había sufrido un accidente montando a caballo. La recuperación de la niña, en contra de lo que le habían diagnosticado los médicos, había sido sorprendente. Rafe estaba dispuesto a contratar los servicios de la señorita Archer, por muy caros que fueran y por mucha resistencia que opusiera su hermano. Raoul podía ser muy obstinado cuando las cosas no eran de su gusto, pero Rafe tenía la impresión de que Lily Archer era la persona adecuada para solucionar sus problemas.

Pero antes de volver con su hermano, Rafe tenía que solucionar otra cosa. No había sabido nada de Poppy, pero tampoco lo esperaba, ya que le había dejado muy clara su postura. Pero creía que podía haber hecho mejor las cosas. En París, el accidente de su hermano le había pillado desprevenido, y se había cerrado en banda. Siempre se enfrentaba así a los problemas, apartando todas las distracciones y centrándose en lo que tenía que hacer.

Pero ser testigo de la crueldad con que Clarissa había dejado a su hermano le abrió los ojos, y no le gustó lo que vio al examinarse a sí mismo. ¿Cómo se habría sentido Poppy al despedirla de aquella manera? ¿Cómo había sido capaz de hacerle eso?

Cuando aparcó frente a la casa de Poppy, las luces estaban encendidas. Mientras caminaba hacia la casa, la vio moviéndose por la cocina. Llevaba un delantal floreado y el pelo recogido. Tenía harina en una mejilla y estaba metiendo una bandeja en el horno.

Los perros, al oír que se aproximaba, comenzaron a ladrar frenéticamente. Poppy dejó la bandeja en la mesa, se dio la vuelta y lo vio por la ventana que había cerca de la puerta trasera. Se puso tan pálida como la harina de su mejilla, pero trató de controlarse. Apretó la boca al quitarse las manoplas de cocina, que dejó en la encimera, y fue a abrir la puerta.

—¿Sí?

Rafe sabía que se merecía una fría bienvenida, pero esa no era la Poppy que conocía.

—Hola, he visto que había luz.

—Trabajo cuando oscurece. Es caro, pero ahora cubro todos los gastos, ya que estoy siguiendo tu plan comercial: ni regalo nada, ni fío ni dejo que se aprovechen de mí. Ojalá lo hubiera hecho antes.

—Me parece muy bien.

Era una desconocida fría y distante que no sonreía y cuyos ojos no se habían iluminado al verlo. Incluso los perros habían notado el cambio, ya que no saltaban a su alrededor, sino que se mantenían a distancia mirándolo con suspicacia, sobre todo Pickles, que parecía decirle: «Sabía que no eras de fiar».

—Tendría que haberte llamado para decirte que venía.

—¿Para qué? ¿Para que te pusiera la alfombra roja?

Él frunció el ceño.

—No, solo quería explicarte por qué te dejé en París como lo hice.

—No tienes que explicármelo, porque lo entendí perfectamente. Ya no me necesitabas. Querías estar solo para centrarte en tu hermano. ¿Cómo está?

—Le han dado el alta. Voy a llevarle a su casa de Normandía cuando haya acabado la rehabilitación.

—No ha salido nada en los periódicos.

—No, hemos tratado de que no saliera, pero no sé cuánto durará.

Se produjo un silencio.

A Rafe le resultaba increíble lo difícil que era aquello. Había esperado... ¿qué? Se sentía perdido y desorientado. Veía a Poppy fuera de su alcance, muy contenida, rodeada por una muralla invisible.

–He tomado una decisión –afirmó ella–. Puedes comprarme la casa porque ya no la quiero. No deberían haberla separado de la casa de campo, ya que no se entiende la una sin la otra.

–¿Cuánto quieres por ella?

–El veinticinco por ciento sobre el precio del mercado.

Él dejó salir el aire lentamente.

–No me lo pones fácil.

–He tenido un buen maestro.

Él le examinó el rostro buscando una grieta en su nueva armadura, pero no la halló. Un pozo de tristeza se abrió en su interior. En efecto, había tenido un buen maestro.

Él la había vuelto así.

–Le diré a mi secretaria que se encargue de ello.

–Muy bien.

Se produjo otro incómodo silencio.

–¿Algo más? –preguntó ella en tono impaciente. Rafe lo reconoció porque lo había usado miles de veces cuando quería librarse de alguien al que estaba dedicando demasiado de su valioso tiempo.

–No –le sonrió formalmente–. Eso es todo.

Ella no le devolvió la sonrisa. Cerró la puerta sin esperar siquiera a que él se diera la vuelta para marcharse.

Rafe la miró durante unos instantes. Pensó en llamar y empezar de nuevo, pero desechó la idea.

Era mejor así. Tenía lo que quería, ya que ella le iba a vender la casa.

Fijarse un objetivo.

Centrarse en él.

Conseguirlo.

Lo paradójico era que la victoria, en esa ocasión, no era dulce.

–¿Has hablado con Lily Archer, la fisioterapeuta? –preguntó Rafe a su secretaria al volver a Londres, después de haber llevado a Raoul a Normandía.

–Sí, pero parece que no trata a pacientes varones –respondió Margaret.

–Pues haz que cambie de idea –le ordenó, irritado–. No me importa lo que cueste.

–¿Cómo está Raoul?

–Igual. No quiere comer y apenas bebe. Se limita a estar sentado y a rumiar todo el tiempo.

–Como tú, entonces.

Rafe frunció el ceño.

–¿A qué te refieres?

Margaret le dirigió una mirada de complicidad.

–Me recuerdas a uno de mis hijos. Es de esas personas para las que no hay término medio: o todo o nada. No sabe buscar un compromiso. No tiene que ser todo o nada, Rafe. Puedes ayudar a tu hermano y ser feliz en tu vida amorosa.

–No tengo vida amorosa –dijo él mientras se acercaba a la ventana y miraba por ella.

–La echas de menos, ¿verdad?

Rafe se dio la vuelta y la fulminó con la mirada.

–Tu trabajo no consiste en hacer comentarios sobre mi vida privada.

–Eres un buen jefe, Rafe, y un buen hombre. Lo demuestra lo que has hecho por tu contable en París.

–Fue idea de Poppy, no mía. Yo lo iba a mandar a que se pudriera en la cárcel.

–No ibas a hacerlo. Has hallado la forma de ayudarlo, del mismo modo que lo haces con mucha otra gente, como esa fundación que has creado para niños que han perdido a sus padres. Es curioso que la prensa solo hable de con quién te acuestas y no de las cosas buenas que llevas a cabo.

Rafe se volvió hacia la ventana. No soportaba la idea de acostarse con otra que no fuera Poppy. Su necesidad de ella se había transformado en un dolor que sentía como un peso en el corazón. Le dolía cada vez que respiraba. No echaba de menos solo el sexo, lo cual resultaba paradójico, ya que no era propio de él.

Añoraba su sonrisa y cómo se le iluminaban los ojos al verlo; su tacto, que aliviaba la soledad que sentía en su interior y que no sabía que existiera hasta que apareció ella; su forma de entregársele con absoluta confianza.

Pero había destruido lo que le encantaba de ella. Se negaba a mirarlo, no quería tocarlo, y no confiaba en él.

¿Podría recuperar su confianza?, ¿hacer que volviera a sonreírle?, ¿que sus ojos brillaran al verlo entrar en la habitación?

–¿Quieres que le mande a la señorita Silverton una joya? ¿Rubíes, zafiros o tal vez perlas? Le quedarían muy bien con el tono de piel que posee, ¿no te parece?

Rafe se volvió hacia ella.

–Lo haré yo.

Margaret enarcó las cejas.

–¿Estás seguro?

–Completamente.

No había estado más seguro de nada en su vida.

Era como si un telón de piedra hubiera subido en su cerebro.

–Cancela todas mis citas. Voy a marcharme de la ciudad.

–¿Quieres que te reserve un hotel?

–No, voy a la casa de campo.

–Pero creí que ibas a venderla. Me dijiste que hablara con la agencia inmobiliaria para ponerla a la venta.

–¿Que iba a venderla? ¿Estás loca? –dijo él mientras agarraba las llaves que estaban en el escritorio–. Voy a vivir allí.

Poppy estaba recogiendo el salón de té al final del día cuando sonó la campanilla de la puerta. Sintió un escalofrío y el corazón comenzó a latirle a toda velocidad. Se dio la vuelta lentamente y contuvo la respiración. Era Rafe, tan guapo como siempre, aunque parecía exhausto y más delgado.

Tuvo que contenerse para no darle un abrazo.

–¿Quieres un café?

–Lo que quiero es un té.

–¿Un té?

Él sonrió con ironía.

–El café del hospital era horrible, incluso peor que el del centro de rehabilitación. Tuve que recurrir al té. Y me acostumbré a él al cabo del tiempo. Ahora no puedo pasarme sin un par de tazas al día.

–Supongo que no querrás un trozo de bizcocho.

–¿Tienes bizcocho de mantequilla?

–¿Bizcocho de mantequilla?

–Mejor aún, ¿tienes masa preparada y sin cocer?

–¿Sin cocer? –repitió Poppy con los ojos saliéndosele de las órbitas.

Él volvió a sonreír, pero esa vez con algo de tristeza.

—Mi madre nos hacía tartas y bizcochos. No quería que el ama de llaves ni la cocinera nos lo hicieran todo. Mi preferido era el bizcocho de mantequilla con vainilla. Siempre me dejaba lamer el cuenco en que preparaba la masa. El día antes de morir con mi padre hizo uno y me dio una cucharada de masa.

Poppy trató de contener las lágrimas.

—Oh, Rafe...

—Supongo que sería toda una novedad utilizar la masa como pastel de bodas. ¿Crees que alguien lo habrá hecho?

A Poppy el alma se le cayó a los pies.

—¿Vas a casarte?

—Creo que muy pronto —replicó él con los ojos brillantes.

Ella tragó saliva. No se atrevía a mirarlo por miedo que a que viera la desilusión que expresaban sus ojos.

—¿Quién es la afortunada?

Rafe la tomó de la mano.

—Eso es lo que me encanta de ti, Poppy. No das nada por sentado. Eres modesta e increíblemente dulce. No soporto la idea de pasar otro día sin ti.

Ella lo miró con los ojos como platos.

—¿Me quieres?

—Creo que me enamoré el día en que te conocí y vi tus hermosos ojos. Me encantó tu actitud desafiante y que no dejaras que te intimidara. Estabas dispuesta a luchar por aquello en lo que creías. Pero lo que más admiro es que tengas en cuenta las necesidades ajenas antes que las propias, y que sepas que la casa de campo y la tuya forman una unidad. Me obstiné en no verlo, pero tú, a pesar de que deseabas conservar tu casa, te diste cuenta de que era mejor desprenderte de ella.

—Me resulta increíble lo que oigo.

Rafe sonrió mientras se le acercaba.

—Cásate conmigo, *ma petite*, por favor.

La sonrisa de ella fue lo más hermoso que había visto en su vida.

—Sí.

¿Cómo podía hacerle tan feliz una simple palabra?

—Te he traído una cosa —dijo sacándose una cajita del bolsillo de la chaqueta—. Lo he encargado especialmente para ti.

Poppy se quedó sin aliento al abrirla y ver el anillo de diamantes.

—Es precioso.

Él lo sacó de la caja y se lo puso.

—Un diamante es para siempre, *ma chérie*. Y no espero menos de nuestra relación. Y quiero que tengamos hijos, dos por lo menos.

Ella sonrió.

—Te quiero.

Él la atrajo hacia sí.

—Yo también te quiero. No me había dado cuenta. Te debió de doler mucho que te dejara en París de aquel modo. Después, cuando fui a verte a tu casa, me sorprendió mucho ver cómo habías cambiado. Creí que te había perdido para siempre.

Poppy apoyó la cabeza en su pecho. Era un sentimiento maravilloso saber que se pertenecía a alguien que te quería. Lo sentía en su mirada y en el refugio protector de sus brazos.

—Me resultó muy difícil portarme así contigo. Me sorprende que no notaras que estaba fingiendo. Pero ahora estás aquí, y eso es lo único que importa.

Él la besó en los labios.

–¿Qué te parecería vivir en la casa de campo?

A ella se le iluminó el rostro.

–¿Lo dices en serio?

Él le sonrió.

–Sería un hogar perfecto para una familia, ¿no crees?

Ella lo estrechó entre sus brazos.

–Sería un sueño hecho realidad.

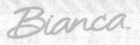

Bianca™

¿No cometerás el mismo error dos veces?

Tras el angelical rostro de Rosie Tom y su pecaminosamente delicioso cuerpo, Angelo di Capua sabía que se escondía una mentirosa cazafortunas. Pero su difunta esposa le había dejado a Rosie una casita de campo y, si ella quería quedarse allí, ¡tendría que hacer un pacto con el diablo!

Rosie debía aceptar la oferta de su ex amante para salvar su negocio, pero, aunque anhelaba sus caricias, no podía confiar en el hombre que la había traicionado casándose con su mejor amiga. Si no se mantenía firme, perdería mucho más que sus posesiones materiales. Perdería su corazón. Una vez más.

Pacto de pasión

Cathy Williams

Acepte 2 de nuestras mejores novelas de amor GRATIS

¡Y reciba un regalo sorpresa!

Oferta especial de tiempo limitado

Rellene el cupón y envíelo a
Harlequin Reader Service®
3010 Walden Ave.
P.O. Box 1867
Buffalo, N.Y. 14240-1867

¡Si! Por favor, envíenme 2 novelas de amor de Harlequin (1 Bianca® y 1 Deseo®) gratis, más el regalo sorpresa. Luego remítanme 4 novelas nuevas todos los meses, las cuales recibiré mucho antes de que aparezcan en librerías, y factúrenme al bajo precio de $3,24 cada una, más $0,25 por envío e impuesto de ventas, si corresponde*. Este es el precio total, y es un ahorro de casi el 20% sobre el precio de portada. !Una oferta excelente! Entiendo que el hecho de aceptar estos libros y el regalo no me obliga en forma alguna a la compra de libros adicionales. Y también que puedo devolver cualquier envío y cancelar en cualquier momento. Aún si decido no comprar ningún otro libro de Harlequin, los 2 libros gratis y el regalo sorpresa son míos para siempre.

416 LBN DU7N

Nombre y apellido	(Por favor, letra de molde)

Dirección	Apartamento No.	

Ciudad	Estado	Zona postal

Esta oferta se limita a un pedido por hogar y no está disponible para los subscriptores actuales de Deseo® y Bianca®.
*Los términos y precios quedan sujetos a cambios sin aviso previo.
Impuestos de ventas aplican en N.Y.

SPN-03   ©2003 Harlequin Enterprises Limited